Moord in zwart-wit

PANDORA CRIMI

Moord in zwart-wit

Theo Engelen

SJALOOM

Website: www.sjaloom.nl
E-mail: post@sjaloom.nl

Een uitgave van Sjaloom, Postbus 1895, 1000 BW Amsterdam
© 2008 Theo Engelen en C.V. Sjaloom en Wildeboer
Omslagillustratie *Andrea Scharroo*, Amsterdam. Foto omslag *Dreamstime*
Ontwerp omslag en binnenwerk *Andrea Scharroo*, Amsterdam
Verspreiding voor België *Uitgeverij Bakermat (Baekens Books NV)*, Mechelen
ISBN 978 90 6249 554 2, NUR 284

Proloog

Het water was koel als altijd. Te koel, vond Lisa, ze bleef lekker liggen lezen in de zon. Nee, natuurlijk niet, als Cas wilde zwemmen moest hij vooral zijn gang gaan.

'Lafaard,' zei Cas. Hij rende het water in, negeerde zijn plotseling haperende ademhaling en dook. Toen hij weer boven kwam was hij aan de temperatuur gewend. Hij zwom snel naar het midden van de Bisonbaai en toen met langzame slagen terug naar de kant. Het was waarschijnlijk de laatste mooie dag van de zomer en veel Nijmegenaren hadden de stad gelaten voor wat hij was. Langs de oever lagen zonaanbidders van alle leeftijden.

Het eerste dat Cas zag toen hij uit het water kwam, was dat Lisa het bovenstukje van haar bikini weer aan had. Pas toen hij op zijn buik naast haar neerplofte begreep hij waarom. Drie jongens van hun leeftijd hadden vlak bij haar een plaats gevonden. Dichterbij dan nodig was, vond Cas. Lisa keek niet van haar boek op toen Cas een natte hand op haar rug legde.

'Is er iets?' vroeg hij.

'Niks, ik erger me alleen aan die etters,' zei ze met een hoofdbeweging naar de drie jongens. 'Ze proberen met me aan de praat te komen.'

Cas bekeek het drietal opnieuw. Marokkanen, dacht hij. Of toch Turken? Hij zag nooit het verschil. Een van de jongens kwam hem vaag bekend voor. Hij zat waarschijnlijk bij hen op school. In elk geval kwamen de jongens hier niet om te zwemmen. Zelfs hun schoenen hielden ze aan.

'Lekker mokkeltje heb je daar bij je.' Een van de jongens keek hem recht in de ogen terwijl hij een nieuwe sigaret opstak. 'Ze wil alleen niet met ons praten. Hoe zou dat komen, denk je?'

Niet reageren, dacht Cas. Ze zoeken problemen en als je niet oppast vinden ze die ook. Hij draaide zich op zijn rug en pakte zijn boek.

'Hé mafkees, ik praat tegen je!'

Cas deed alsof hij in zijn boek opging, al had hij nog geen letter gelezen. Dit was zo'n situatie die volledig uit de hand kon lopen en dan de dag erop in de krant stond.

'Zien jullie dat?' De roker betrok nu zijn vrienden bij de zaak. 'Die meneer toont ook al geen enkel respect voor ons, net als zijn vriendinnetje. Zijn we niet goed genoeg voor dit verwaande stelletje? Misschien is dit meertje wel alleen voor blanke Nederlanders bedoeld en mogen Marokkanen hier niet komen.'

Lisa ging zitten en trok haar jurk over haar hoofd. 'Kom,' zei ze. 'We gaan.'

'Hoezo? We zijn er pas. Ik laat me niet wegjagen,' zei Cas.

'Doe niet zo stom, Cas. Je ziet toch dat ze ruzie zoeken.' Lisa was al opgestaan en rolde haar matje op.

'Ja, Cas, luister naar het vrouwtje en doe niet zo stom.' De jongen schoot zijn sigaret weg en keek Cas spottend aan.

'Bemoei jij je met je eigen zaken, vriend, en laat ons met rust,' zei Lisa boos.

'Kijk, dat mietje luistert niet alleen naar het vrouwtje, hij laat haar ook zijn problemen oplossen. Wil je het niet eens met een echte man proberen, schoonheid?'

Cas sprong overeind. Er waren grenzen, zelfs aan zijn geduld. 'Hebben jullie echt niets beters te doen dan ons lastigvallen? Zijn er geen oude dametjes meer in de stad die van hun handtasjes moeten worden verlost?'

Zijn kwelgeest beheerste dit spel veel beter dan Cas. Hij bleef heel rustig. Hij zat nog steeds en keek Cas onverstoorbaar aan. 'Hoor je dat? Die keurige jongen begint opeens rare dingen te zeggen. Het lijkt wel discriminatie.'

'Nu is het genoeg,' zei Lisa en pakte Cas bij een hand. Ze trok hem mee.

'Je hebt me toch gehoord, meisje? Als je een echte man zoekt, mag je bij ons aankloppen. Wedden dat je dat vriendje van je dan snel vergeten bent?'

Cas ontplofte bijna. 'Tuig,' riep hij.

Het enige antwoord was een schamper gelach.

1

Het was twee maanden later. Oktober had met een kille regen de laatste hoop op zomer verdreven. Om 12.20 uur stapte op een perron van het nieuwe Berlijnse hoofdstation een man in de IC142 die over negentien minuten naar Amsterdam zou vertrekken. Dat hij naar Nederland ging om deel te nemen aan een zorgvuldig voorbereide politieke moordaanslag was hem niet aan te zien. Hij was rond de veertig jaar en maakte een rustige, zelfverzekerde indruk. Hij droeg een spijkerbroek, een coltrui en een leren jack. Alleen de kleurige muts was opvallend. Zijn vuurrode halflange haren kwamen er nog net onderuit. De man bestudeerde de nummers op de stoelen en vergeleek die met het biljet in zijn hand. Toen hij de gereserveerde plaats had gevonden schoof hij zijn koffer in het bagagerek, hing zijn jas aan een haakje en nestelde zich met een krant in de gemakkelijke stoel.

Er was zo op het oog geen enkele reden een tweede blik te werpen op deze man. Toch werd hij nauwkeurig in de gaten gehouden door de twee mannen die vlak na hem binnenkwamen, elk aan een andere kant van het compartiment. Zonder elkaar aan te kijken gingen ze zitten op een plaats naast de deur. Niemand kon nu nog dit deel van de trein verlaten zonder een van hen te passeren. Ook zij waren al snel verdiept in hun krant. Althans, zo zag het eruit voor wie niet beter wist. Langzaam stroomde de wagon vol met andere reizigers, zakenlui, toeristen. Allemaal mensen die geschrokken zouden wegrennen als ze wisten wat die rustige man in stoel 37a van plan was.

Om precies 12.39 uur kwam de trein met korte schokjes in beweging waarna hij in rustig tempo doorreed tot de eerste stop bij Berlijn Spandau. De drie mannen keken af en toe ongeïnteresseerd naar buiten waar de voorsteden van Berlijn, lelijk zoals alle voorsteden, langzaam overgingen in een glooiend landschap. Na twee uur reizen kwam de trein tot stilstand op het station van Hannover. De man met de rode haren rekte zich uit, pakte zijn jas van het haakje en liep gapend naar de deur. Nu was er wel oogcontact tussen de twee andere mannen. Ze hadden gezien dat de koffer keurig in het rek bleef liggen. Toen de man met het leren jack uit de trein stapte, stond een van zijn volgers in de deuropening en leek met een gelukzalig gezicht frisse lucht in te ademen. Hij zag tot zijn opluchting dat hun prooi niet van plan was te ontsnappen. Die stond weggedoken in zijn jack een sigaret te roken. Na een paar minuten gooide hij de peuk op de grond en stapte de trein weer in. Hij botste nog even tegen zijn volger en verontschuldigde zich beleefd.

De volgende twee uren gebeurde er niets opvallends in het compartiment. Een van de twee mannen bij de deuren ging naar het toilet, een conducteur controleerde de kaartjes en de man met het rode haar deed een middagdutje. Pas bij Rheine, het was intussen al na vieren, kwam hij weer overeind. De geschiedenis herhaalde zich. De man rookte rustig een sigaret terwijl een volger, de ander dit keer, zich ophield in het portaal bij de deur. Net voor de deuren sloten zaten ze alledrie weer op hun plaats.

Mensen zijn gewoontedieren. Neem nou de man met het rode haar. Hij leek elke twee uren een sigaret te willen roken. Toen de trein om 18.28 in Amersfoort stopte, haalde hij een sigaret uit zijn binnenzak en liep weer naar buiten. Dit keer bleef niet alleen de koffer liggen, ook het jack hing er nog. Een van de volgers kwam zuchtend overeind. Hij kende de routine intussen. Een paar minuten later kondigde een elektronisch signaal aan dat de deuren gingen sluiten. De roker trapte zijn sigaret uit. Zijn volger was al gaan zitten en zag door het raam hoe de man rustig naar de deur liep. Pas toen de deuren sissend dichtgingen, realiseerde die zich dat hij een beginnersfout had gemaakt. Hij sprong op, rende naar het portaal, maar zag dat hij te laat was. Zijn prooi stond op het perron en keek hem recht in het gezicht. Terwijl de trein langzaam op gang kwam, gaf de man met het rode haar hem een knipoog. De volger sloeg van pure woede met zijn vlakke hand tegen het raam.

Zijn verzuurde benen schreeuwden om rust, maar Cas wilde er niet aan toegeven. Hij zou pas stoppen als de woede uit zijn lijf verdwenen was. Diep blijven ademhalen en een ander ritme proberen, hield hij zichzelf voor. Het wachten was op de tweede adem. Hij wist uit ervaring dat de eerste vermoeidheid gevolgd werd door een fase waarin de energie terugkwam. Adem in, adem uit. Niet hijgen, rustig. Adem in, adem uit, adem in, adem uit. Kleinere passen maken en de pijnlijke benen negeren. Nog even en hij zou tussen de bomen lopen. Dan zou die verdomde tegenwind minder hard zijn. Een zweetdruppel liep vanuit zijn wenkbrauw zijn oog in. Meteen was er het bijtende gevoel. Ook dat nog. Cas veegde met een hand over zijn voorhoofd. Kom op, jongen, doorbijten. Passen tellen hielp ook wel eens, één, twee, één, twee. De weg ging over in een bospad. Hij was halverwege zijn ronde. De komende drie kilometer zou de zachte, verende ondergrond hem helpen.

Hij hijgde zo hard dat hij de achteropkomende hardlopers niet hoorde. Toen de twee mannen hem passeerden, schrok hij zo dat hij een pas opzij deed. Jaloers zag hij hoe de twee in een mum van tijd van hem wegliepen. Hun cadans was perfect, alleen hun benen en armen bewogen en hun voeten leken nauwelijks de grond te raken. Ze droegen dezelfde kleding, een zwarte loopbroek en een groen trainingsjack met de vlag van hun vaderland Kenia op de rug. Het was pas half oktober, maar ze droegen nu al dikke mutsen, sjaals en handschoenen. Cas probeerde niet eens te versnellen. Deze mannen waren de pupillen van een plaatselijke sportheld en ze bereidden zich voor op een van de bekende marathons.

Hij zou ze met geen mogelijkheid kunnen bijhouden. De paar minuten afleiding waren wel voldoende geweest om de aandacht van zijn vermoeidheid af te leiden. Het was opeens alsof zijn benen heel licht waren en zonder problemen nog kilometers verder konden. Zijn longen leken twee keer zo groot als een paar minuten geleden. Hier had hij op gewacht. Nu was het een kwestie van rustig doorrennen.

De schemering was intussen ingevallen en hij zag alleen nog de oplichtende jacks van de twee mannen voor hem. Woestijnratten, schoot het door hem heen. En meteen was de woede er weer. Met de woede kwamen ook de pijn en het hijgen terug. Verbeten zette hij door. Hij had zich deze extra training juist opgelegd om het geraas in zijn hoofd tot zwijgen te brengen. De pijn in zijn benen kon hij negeren, de piepende ademhaling deerde hem niet, maar nu dreigde ook zijn maag nog op te spelen. Een paar honderd meter voor zijn huis gaf hij kokhalzend op. Langzaam wandelde hij het laatste stuk. Hij schopte het tuinhekje open, haalde een paar keer diep adem en leunde tegen de muur van de schuur. Het rekken van zijn benen duurde net lang genoeg om zijn maag te kalmeren.

'Je hebt jezelf zo te zien niet gespaard,' zei zijn vader.

Cas knikte alleen maar. De warmte in de keuken viel over hem heen. Hij zakte hijgend op een stoel.

Zijn vader zette zonder verder iets te zeggen een groot glas water voor hem neer. Het was zaterdag, de enige dag in de week dat zijn moeder niet kookte. Cas keek naar zijn vaders rug terwijl die het pizzadeeg uitrolde. De strikjes van het belachelijke schort dat ze van de zomer uit Italië hadden meegenomen, dansten door de inspanningen met de deegroller. Op de voorgrond was een afbeelding te zien van Michelangelo's David, met de stenen penis precies op de juiste plaats. Het was niet Cas' soort humor.

'We eten over een half uur. Je kunt nog net even douchen.'

Cas stond zuchtend op en liep naar de kamer. Zijn moeder

zat onder de leeslamp, de krant in haar hand en een glas wijn op het tafeltje. Ze begroette Cas zonder op te kijken. Hij slofte de trap op. De computer stond nog aan. "Ben ff weg!" meldde de screensaver. Een tik op de muis was voldoende om de machine weer tot leven te brengen. Hij tikte zijn wachtwoord in en zat meteen in de wereld waar hij zo hard van was weggelopen.

Boven aan het scherm stond een zwarte cirkel met een wit kruis. *White Pride World Wide* luidde de tekst in de cirkel. Het was de site van het Blank Front Nederland en Vlaanderen. Cas klikte op het discussieforum en las nog eens wat hij een uur tevoren had gezien. Zijn aandacht was toen al getrokken door een discussie over het onderwerp "Jezelf echt nuttig maken voor je volk".

Een forumlid die zich Dietslander noemde, schreef dat het blanke Europese ras helemaal geen anderen nodig had om zich om zeep te helpen.

De gemiddelde blanke Europese vrouw krijgt op dit moment in haar leven 1,2 kinderen. Dat betekent dat de blanke bevolking krimpt. Niet eens alleen door vermenging, maar ook gewoon uit zichzelf. Voor een balans zou iedere vrouw twee kinderen moeten baren, dan vervangt ze zichzelf en een man.

Dietslander signaleerde niet alleen een probleem, hij bood ook een oplossing:

Als je echt geeft om je ras en je wilt je leven hiernaar indelen, trouw dan jong met een blanke en breng een pak of tien kinderen groot... Zo veel nuttiger dan alle agressieve en controversiële manieren om iets voor de blanken te doen. Op het moment maakt het niet eens uit of de moslims en joden en negers de boel komen verzieken of niet, we zijn al aan het uitsterven.

Cas zweette alsof hij nog steeds rende. Hij trok zijn trainingspak uit en gooide het achteloos op de grond. Zijn ogen bleven aan het beeldscherm gekluisterd. Ene Troapler had een kritisch antwoord voor Dietslander.

> Ik ben het er wel mee eens dat blanke mensen meer kinderen zouden moeten krijgen. Maar om die woestijnratten in te halen zouden blanke gezinnen omgetoverd moeten worden in baarfabrieken. Het lijkt me niet bevorderlijk voor de man-vrouw relatie om een vrouw zoveel mogelijk kinderen te laten baren, het is tenslotte haar lichaam en de lichamelijke gezondheid van de vrouw moet ook niet in gevaar komen.

Een vrouwvriendelijke racist, dacht Cas. Waarom ook niet?

'Nog een kwartier!' riep zijn vader van beneden.

Cas klikte het Blank Front weg en opende snel zijn mail. "Hoi lieverd," schreef Lisa. "Vergeet je niet dat we vanavond naar Frank gaan? Hij is jarig." Hij drukte op de reply-knop, maar bedacht zich. Nu even geen beslissing nemen. Twee minuten later stond hij doodstil onder de douche en liet het warme water langs zijn lijf lopen.

De maaltijd verliep zoals zaterdagavondmaaltijden altijd verliepen. Zijn ouders waren opgewekt en de wijn verhoogde hun plezier nog. Gelukkig verwachtten ze van Cas geen bijdrage aan het gesprek. Zijn gedachten waren elders. Af en toe knikte hij of lachte met hen mee, alsof hij werkelijk luisterde.

'Ga jij nog weg vanavond?' vroeg zijn moeder.

Cas aarzelde. 'Ik heb Lisa beloofd mee te gaan naar een feestje, maar ik heb er eigenlijk geen zin in…'

'Zal ze leuk vinden.'

'Ja, luister, het is een van haar vrienden. Ik ken er bijna niemand en die ik wel ken…' Hij trok een vies gezicht.

Zijn vader schonk zijn glas nog eens vol en keek Cas onderzoekend aan. 'Je bent de laatste tijd zelf ook niet zo boeiend of gezellig. Is er iets? Het gaat toch wel goed tussen jou en Lisa?'

'Ik heb alleen last van bemoeizuchtige ouders,' zei Cas geergerd. 'Mag ik naar mijn kamer gaan?'

Zijn vader haalde zijn schouders op, maar zijn moeder gaf niet zo snel op. 'Ik herinner me dat er een jaar geleden ook zogenaamd niets aan de hand was...'[1]

Cas stond snel op. 'Alsjeblieft zeg, begin je daar nu weer over. Er is niks, ik heb gewoon zin om eens een avond alleen te zijn. Dat is toch geen doodzonde?'

De blikken van zijn ouders spraken boekdelen. Zij vonden het wel raar als een zeventienjarige jongen de zaterdagavond alleen op zijn kamer wilde doorbrengen. Nou, ze dachten maar wat ze wilden.

Hij liet zich op zijn bed vallen en klikte zijn mobieltje open.

'Met Lisa.'

'Hoi, met mij. Luister, ik vind het heel vervelend, maar ik ga vanavond niet mee naar het feest.'

'O.' De teleurstelling was duidelijk hoorbaar.

'Ik voel me niet lekker,' zei Cas. 'Een beetje hoofdpijn en misselijk.'

'Dat klinkt heel zielig. En ik weet hoe je ernaar uitkeek...'

Cas sloot zijn ogen. Liegen was niet zijn sterkste punt. 'Het is geen smoesje. Ik ben echt ziek, hoor.'

'Eigenlijk komt het goed uit. Ik heb ook niet zo'n zin in dat feest, en zeker niet in mijn eentje. Weet je wat ik doe?' Lisa's stem zakte een octaaf. 'Ik kom naar je toe en ga je vertroetelen. Zuster Lisa weet wel hoe ze de patiënt kan opbeuren.'

'Doe maar niet, Lies, ik voel me echt beroerd en ga meteen naar bed. Morgen is het vast over en kunnen we samen iets doen.'

---

[1] Zie Theo Engelen, Droomvrouw vermist (Sjaloom 2002).

'Zo, jij bent echt niet lekker. Het is de eerste keer dat je… Doet er ook niet toe. Ik zoek wel aanspraak op het feest. Er zijn vast jongens die niet te ziek zijn om met me om te gaan.'

Cas kon er zo drie opnoemen. 'Veel plezier,' zei hij. Hij gooide de telefoon naast het bed en keek strak naar het plafond.

Hij had niet verwacht dat je je moest registreren om mee te discussiëren op de site van het Blank Front. Aarzelend draaide hij met de pointer rond de knop *registreer*. Waarschuwingen over wie er allemaal over je schouder meekijkt, wanneer je op het internet surft, schoten door zijn hoofd. Ze deden maar! Hij klikte. Op het scherm werd gevraagd zijn geboortedatum in te tikken. Weer duurde het even voor hij een beslissing nam. Nou vooruit dan, maar de datum die hij opgaf was dan wel tien jaar ouder. De regels voor het discussieforum verschenen. *By agreeing to these rules, you warrant that you will not post any messages that are obscene, vulgar, sexually-orientated, threatening, or otherwise violative of any U.S. laws.* Cas vond het best en klikte op *Agree.*

De vraag waarmee hij al dagen rondliep, was nu opeens acuut. Hoe trek je de aandacht van mensen die de grenzen van wat normaal acceptabel is, al lang hebben overschreden? Cas las de discussiebijdragen nog eens door. Zijn leraar Nederlands zou heel wat werk hebben om alle taalfouten te corrigeren. 'Niet zeuren, Cas,' zei hij hardop, dit zijn allemaal smoesjes om het schrijven van een bericht uit te stellen.

Wat een gezeur.

schreef hij.

Waarom zouden wij allerlei fratsen moeten uithalen om te voorkomen dat die woestijnratten hier de overhand krijgen? Als wij zelf vergeten dat dit óns land is, van wie moeten we het dan hebben? Die linkse lui in Den Haag

> hebben zand in hun ogen (woestijnzand waarschijnlijk!)
> en weten zich geen raad. Toch is de oplossing eenvou-
> dig. Er hoeven niet meer blanke kinderen geboren te
> worden, we moeten gewoon meer kwijt van het soort
> dat hier van onze rijkdom komt snoepen.

Zijn vingers gingen over de toetsen zonder dat hij hoefde na
te denken. Tijdens het hardlopen had hij de tekst al in zijn
hoofd geschreven.

> Wie geen werk heeft: eruit! Wie iets doet dat tegen
> de wet is: met spoed het land uit! En natuurlijk komt er
> niemand meer binnen, zielige verhalen of niet. Als we
> dat vijf jaar doen, zijn de normale verhoudingen weer
> snel hersteld. Zo simpel is het. Of niet soms?

Cas ondertekende met White Ruler en voelde zich vreemd
opgewonden.

Aan de buitenkant zag het gebouw van de Algemene Inlich-
tingen- en Veiligheidsdienst eruit als een van de vele kan-
toorgebouwen in de omgeving. Niets wees erop dat hier ge-
waakt werd over de veiligheid van het land. Nou ja, niets.
Het aantal bewakingscamera's was groter dan gebruikelijk en
de witte politiecabine op de inrit viel enigszins uit de toon.
Terroristen moesten trouwens niet denken dat ze op zaterdagavond vrij spel hadden. Achter veel ramen brandde ook
nu licht.
    Cor van der Eijk was een van de ongelukkigen die dienst
hadden. Eenmaal in de maand was hij een zaterdagnacht
de klos. Gelukkig werd er in het weekend niet vergaderd.
Hij moest de hele nacht de berichten van de grote broers
in Londen en Washington in de gaten houden. Als zij iets
belangrijks stuurden, wat Cor hen bij voorbaat kwalijk nam
trouwens, dan moest hij afhankelijk van het onderwerp een
van zijn superieuren bellen. Om de een of andere reden werd

hem dat nooit in dank afgenomen. De boodschapper van het slechte nieuws was nu eenmaal altijd de pineut.

Aan het bureau tegenover hem zat Hans Heinen. Heinen zou niet Cors eerste keus zijn om de nachtelijke wachtdienst mee door te brengen. Die jongen was jonger dan Cors oudste zoon en kwam vers van de opleiding. Heinen draaide pas twee weken mee in de dienst en was nog irritant ijverig. Zelfs in het weekend droeg hij een keurig pak. Het jasje hing aan een knaapje naast de deur, maar ook het keurig gestreken hemd tekende de modelambtenaar van de nieuwe tijd. Cor keek misprijzend naar de manchetknopen die glommen in het licht van de bureaulamp.

'Is er iets, meneer?' Hans Heinen had gemerkt dat hij bekeken werd.

'Nee, wat zou er zijn?' Van der Eijk boog zich weer over een rapport dat al een uur voor hem lag en waarvan hij nog geen letter had gelezen. Meneer! Het moest niet gekker worden. Met elke andere collega zou hij halverwege de nacht blikjes uit de koelkast halen en het weekend vieren. Hans Heinen was daar vast niet toe over te halen. Hij zou ongetwijfeld thee drinken en er de volgende ochtend even fris en verzorgd uitzien als bij het begin van de wachtdienst. Nee, die jongen zou vast snel carrière maken.

De veelbelovende jongeman kuchte nu om Cors aandacht te trekken. 'Heeft u de nieuwe uitdraai gezien van de site van het Blank Front?'

Cor schudde zijn hoofd. Er ging wel eens een uur voorbij dat hij niet aan het scherm geplakt zat. Die jongelui konden geen minuut zonder hun elektronische speelgoed. Hij negeerde trouwens als het even kon alles wat met die rechtse rakkers van het Blank Front te maken had. In zijn ogen waren ze even gevaarlijk als het gemiddelde naaikransje. Niet bijster slimme en wat gefrustreerde lieden, die hun onrust afreageerden door racistische berichten op discussieforums te zetten. Maar goed, de officiële richtlijn was dat ze ook deze lieden in de gaten moesten houden en Heinen hield zich natuurlijk keurig aan de richtlijnen. Cor moest trouwens toegeven dat die computers van tegenwoordig ook hun voordelen hadden. Je kon van achter je bureau kijken naar wat er omging in allerlei organisaties.

'Ik stuur het u toe,' zei Hans.

Twee seconden later piepte Cors pc dat hij een nieuw bericht had binnengekregen. Hij las de berichten ongeïnteresseerd door. 'We hebben een nieuwe ster aan het firmament,' zei hij ten slotte. 'Ik herinner me tenminste geen White Ruler. Jij wel?'

'Nee.'

'Heb je het IP-nummer gecheckt?' Sommige schrijvers op het forum wisselden even vaak van naam als andere mensen van kleren.

'Natuurlijk,' zei Hans. Hij klonk zowaar licht verontwaardigd. 'Dat is toch het eerste dat je doet? Vanaf deze pc zijn nooit eerder berichten naar de site gestuurd. Ik ben even de andere lijsten langsgelopen en deze pc is nog niet in een van onze bestanden gesignaleerd.'

'Mooi, dus we wachten gewoon af,' zei Cor opgelucht. 'Benieuwd wat er nog voor mooie gedachten ontspruiten aan deze geniale geest. Wat is zijn leeftijd trouwens?'

Hans keek even naar zijn scherm. 'Hij zegt dat hij 27 is.'

'Goed, dat weten we dan ook weer. Omdat wij volleerde spionnen zijn, ik althans wel, weten we dat White Ruler ergens tussen de 14 en 100 jaar is. Dat helpt.'

Nog geen twintig minuten rijden van het gebouw van de AIVD had Cas' bericht ook de aandacht getrokken. Het rijtjeshuis in een buitenwijk van Den Haag was nog onopvallender dan het kantoor van de veiligheidsdienst. Twee mannen en een vrouw stonden voor een pc en lazen White Rulers oplossing voor de bedreiging van het witte ras in Nederland.

'Hij is nieuw, hè?' vroeg de vrouw.

De grootste van de twee mannen streek nadenkend over

zijn kale hoofd. 'De naam is inderdaad nieuw,' zei hij. 'En hij heeft in elk geval meer dan alleen basisschool.'

'En dat kun jij afleiden uit dit ene berichtje?' zei de andere man.

De kale man zuchtte. 'Ja, Kees, dat kan ik. Als jij je studie had afgemaakt zou het jou ook lukken. Maar daar gaat het niet om. We willen weten of dit iemand is die geschikt is voor... We hebben iemand nodig die nog niet bekend is bij onze vrienden van de inlichtingendienst. En de tijd dringt. Het is 2 november voor je het weet.'

'Als je het mij vraagt zou deze jongen geschikt kunnen zijn,' zei de vrouw.

'Maar ik vraag het jou niet,' zei de kale man nurks. 'En trouwens, waarom zou het geen vrouw kunnen zijn?' Hij zuchtte. 'We hebben al zo vaak gedacht dat we een geschikt persoon gevonden hadden.'

'Het oude recept dan maar?' vroeg Kees.

'Ja, we zullen eens kijken of we hem nog wat verder uit de tent kunnen lokken.'

'Hem? Hoor je het zelf, Geert? Je zei dat het toch ook een vrouw zou kunnen zijn,' zei de vrouw plagerig.

'Tik jij nou maar: "Het voorstel van White Ruler klinkt erg interessant, maar is niet bepaald realistisch. Denkt hij nou echt dat we in dit land binnen afzienbare tijd een regering zullen krijgen die zijn ideeën zal uitvoeren?"'

Even later was het bericht aan zijn tocht door cyberspace begonnen.

'Zo,' zei Kees, 'en nu maar afwachten.'

Geert haalde een sleutel uit zijn broekzak en legde die naast de pc. 'Hiermee kom je in het kluisje. Alles ligt voor je klaar. Let je wel op dat je niet gevolgd wordt?'

'Laat dat maar aan mij over,' zei Kees.

2

'Weet je het zeker?' De kapper haalde zijn hand door Cas' dikke haardos en keek hem in de spiegel vragend aan.

Cas knikte. 'Doe nou maar.'

'Heb je er met je ouders over gepraat?' De man had waarschijnlijk zelf tienerkinderen.

'Ik ben oud genoeg om zelf te beslissen,' zei Cas stuurs.

De twijfel op het gezicht van de kapper was niet verdwenen. Toch haalde hij zijn schouders op en pakte de schaar. Binnen een paar minuten was Cas' kapsel teruggebracht tot stekels van ongelijke lengte.

'Laatste kans,' zei de kapper terwijl hij de tondeuse pakte. Toen er geen antwoord kwam, zette hij het ding aan. Vanaf het voorhoofd schoor hij een brede kale baan naar achteren.

Cas sloot de ogen. Het zoemen van de tondeuse op zijn hoofd was een merkwaardige sensatie. Alsof een enorm insect hem kaal plukte. Hij schrok toen hij zijn ogen weer opende. In de spiegel keek een onbekende hem aan. Het gezicht was rood van spanning en daarboven kwam steeds meer witte huid vrij.

'Zo, nu is het net of je een badmuts draagt,' zei de kapper. Hij kneep witte crème uit een tube en masseerde dat in Cas' hoofdhuid. 'Ik zou maar een muts kopen als ik jou was,' zei hij terwijl hij de kapmantel verwijderde.

Cas betaalde zonder een woord te zeggen. Hij wilde zo snel mogelijk weer buiten staan.

Of hij het wilde of niet, in elk winkelraam zag hij zijn spiegelbeeld. Zijn gezicht zag er zo anders uit dat een vreemde terugkeek. Een vreemde die wat opgejaagd door de stad leek te lopen, weggedoken in de omhooggeklapte kraag van zijn jas. Cas dwong zich te letten op de reacties van mensen die hij passeerde. Niemand schonk aandacht aan een jongen die een half uur geleden zijn haar nog tot over zijn oren had gedragen. Waarom ook? Zij wisten niet van de plotselinge verandering. Hij bleef abrupt stilstaan. Lisa! Zij wist wél hoe hij er had uitgezien. Vanmiddag nog, toen ze bij school afscheid namen, had ze met zijn haren gespeeld. Om haar een plezier te doen was hij ze langer gaan dragen. Natuurlijk had hij van tevoren nagedacht over haar reactie, maar dat was theorie geweest. Nu kon hij niet meer terug. En dan waren er nog zijn ouders. Hij liep heel langzaam naar huis. De kapper had trouwens gelijk. Het was gemeen koud.

Zijn ouders hadden niet gescholden, helaas. Toen hij binnenkwam was er eerst de schrik geweest en vervolgens ongeloof. Zijn moeder had een hand voor haar mond geslagen en hem sprakeloos aangekeken. Of hij gek was geworden, had zijn vader gevraagd. Nog voor Cas had kunnen antwoorden, had zijn vader de krant gepakt en zijn woede achter het dagelijkse nieuws verborgen. Tijdens de maaltijd had er een ijzig stilzwijgen gehangen. Nee, zijn ouders waren niet blij met hem vandaag.

En nu Lisa. Hij had haar gebeld en gevraagd naar hun favoriete koffiehuis aan de Waalkade te komen. Ze had tegengesputterd. Waarom kwam hij niet gewoon naar haar huis? Het was beestenweer. Cas had aangehouden. Eén paar ouders op een avond was genoeg. Hij wist zeker dat Lisa's vader van zijn hart geen moordkuil zou maken. Joris Voskamp was een beste vent, maar hij bleef politieman en dus een beetje ouderwets. Lisa's moeder werkte aan de universiteit. Zij was studenten gewend en zou hooguit fronsend kijken.

Ze zat er al, aan hun vaste tafeltje bij het raam. Cas trok de skimuts nog wat dieper over zijn hoofd, haalde diep adem en stapte naar binnen.

Lisa kende hem lang genoeg om te weten dat er iets was. Ze lachte hem vriendelijk toe, maar haar ogen stonden onderzoekend. Toen hij haar kuste, snoof ze even. 'Wat ruik je raar?'

Cas ging zitten. 'Dat zal die crème zijn,' zei hij. Hij wilde niets liever dan wegrennen. Wat nu ging komen, kon hij misschien niet aan. Dat zijn ouders woedend waren, was geen probleem. Dat was vaker gebeurd en zou vanzelf weer overgaan. Maar als Lisa boos zou worden... Nu niet langer uitstellen. Het moest maar snel over zijn. Met een ruk trok hij de muts van zijn hoofd.

Lisa had net haar kop koffie gepakt en bevroor in die houding. Haar ogen gleden langzaam over zijn hoofd. Ze zette haar kopje voorzichtig neer en stond op. 'Even naar de wc,' zei ze.

Ze bleef zo lang weg dat Cas intussen ook koffie had besteld. Hij stond strak van de zenuwen en roerde eindeloos in zijn kop. Wat hij ook verwacht had, dit niet.

Toen ze terugkwam, bleef ze zwijgend naast de tafel staan en keek Cas strak aan. Aan haar gezicht was te zien dat ze in verwarring was en probeerde een beslissing te nemen.

Dan maar in de aanval, dacht Cas. 'Nou? Heb je me iets te zeggen?' Zijn stem klonk vijandiger dan hij bedoelde.

Haar ogen waren nu vochtig. 'Ik moet hier even over nadenken,' zei ze ten slotte aarzelend. 'We moesten elkaar maar even niet meer zien.'

'Overdrijf je niet een beetje?' vroeg Cas. 'Er is toch niets veranderd? Ga nou even zitten, dan...'

Lisa schudde haar hoofd en liep naar de deur. 'Als er niets was veranderd, zou je me wel verteld hebben wat je van plan was.'

'Lisa, alsjeblieft, loop nu niet weg!'

Ze reageerde niet eens en ging naar buiten. Toen ze langs het raam liep keurde ze hem geen blik waardig. Ze staarde strak voor zich uit en stapte met driftige passen voorbij.

Cas had zich nog nooit eenzamer gevoeld dan op dat moment.

Die eerste morgen op school was het spitsroeden lopen. Het liefst zou hij ongemerkt de klas zijn binnengekomen, maar dat was weinig realistisch. Zijn kale kop kon door niemand gemist worden. Dan maar de harde aanpak. Hij rechtte zijn rug, zette een masker van onverschilligheid op en liep rustig naar binnen. Het geroezemoes verstomde meteen en in een doodse stilte keken twintig klasgenoten hem aan. Onverdeelde aandacht heette dat. Het ontbrak er nog maar aan dat er hier en daar een mond open bleef staan. Lisa keek niet eens op. Ze negeerde alles om haar heen en had alleen aandacht voor het boek dat voor haar lag. Opeens was hij woedend op haar. Verraadster! Dat hielp. Onverstoorbaar ging hij zitten en keek verwonderd om zich heen.

'Wat?' zei hij. 'Mis ik iets?'

Bernard was het eerst bij zinnen. 'Of er iets is, vraagt-ie. Heb je vanochtend in de spiegel gekeken?'

'Ja. Ik zie er gelukkig nog steeds onweerstaanbaar uit.' Cas pakte zijn boeken uit zijn tas en legde die voor zich. Niets aan de hand, was de boodschap.

'Het is maar wat je onweerstaanbaar noemt. Je ziet eruit als de eerste de beste skinhead.' Bernard trok misprijzend zijn bovenlip op.

'Wat hoor ik nu, Bernard? Je gaat toch niet discrimineren? Dat is in dit land niet toegestaan, hoor. Wij moeten iedereen accepteren zoals hij is en al zeker niet op uiterlijk beoordelen.'

Nelleke verlegde de aandacht. Ze keek naar Lisa. 'Vind jij dit goed?'

Lisa knikte zonder op te kijken. 'Dit is een vrij land, toch?'

Cas wilde haar een dankbare blik toewerpen, maar ze negeerde hem nog steeds.

Gelukkig verstomde de discussie door de binnenkomst van Claassen, hun aardrijkskundeleraar. 'Goedemorgen, dames en heren. Hebben we er zin in vandaag?' Hij gooide zijn boekentas op de lessenaar en nam plaats. 'We moesten het maar eens hebben over jullie profielwerkstuk. De tijd tikt maar door en jullie moeten binnen een maand...' Het had even geduurd, maar nu zag hij Cas. Die indruk moest hij kennelijk even verwerken. 'Ja, nog maar een maand,' ging hij door. 'En ik heb nog van niemand iets ontvangen. Laten we maar eens kijken hoe het ervoor staat. Cas. Je bent het toch wel?' Meteen werd er aan alle kanten gegrinnikt. 'Jij zou uitzoeken hoe het zat met het rechts-extremisme in ons land. Schiet het een beetje op?'

Cas knikte. 'Ik lig precies op schema.'

Nu kwamen de anderen een voor een aan bod. Cas haalde opgelucht adem. Het ergste had hij gehad en hij was niet ontevreden.

Na de les wenkte Claassen hem. Hij wachtte tot de anderen weg waren en zei toen: 'Je hebt wat je noemt een hele gedaanteverwisseling ondergaan. Dat is natuurlijk niet mijn zaak, maar...' Hij zette zijn bril af en keek Cas met samengeknepen ogen aan. 'Heeft het soms te maken met die groep die je wilt onderzoeken?'

'Ja,' zei Cas.

Claassen aarzelde. 'Je laat je hoofd toch niet op hol brengen door de onzin die die mensen uitkramen?'

'Ik moet gaan. Anders kom ik te laat bij de volgende les,' zei Cas en liep snel weg.

Hij had drie dagen niet op de website gekeken. Natuurlijk was hij nieuwsgierig naar mogelijke reacties, maar hij wilde niet te gretig lijken. De website had al een plaats gevonden onder Favorieten. Twee tikken verder constateerde hij dat zijn bericht reacties had opgeroepen. Een vreemde mengeling van opluchting en spanning maakte zich van hem meester.

Er waren drie berichten met luidruchtige bijval voor zijn opmerkingen. White Ruler durfde de dingen tenminste bij hun naam te noemen! Dat slappe gedoe van anderen hing de drie schrijvers al lang de keel uit. Cas keek even stil voor zich uit. Zo eenvoudig was het dus om een held te worden.

Maar goed, dit waren niet de mensen die hij wilde bereiken. De taalfouten en het grove taalgebruik maakten duidelijk dat hij hier met het gewone voetvolk te maken had. Dit waren waarschijnlijk dezelfde mensen die begonnen te matten als een demonstratie door antifascisten werd verstoord.

Het laatste bericht was wel serieus. Cas las het een paar keer rustig door.

> Het voorstel van White Ruler klinkt erg interessant, maar is niet bepaald realistisch. Denkt hij nou echt dat we in dit land binnen afzienbare tijd een regering zullen krijgen die zijn ideeën zal uitvoeren?

Vreemd genoeg was de boodschap niet ondertekend. Dat was toch verplicht op deze site? De schrijver had kennelijk een speciale positie. Mooi zo.

White Ruler was weer aan zet.

> Elk volk krijgt de regering die het verdient. Onze mening wordt gedeeld door driekwart van de mensen, maar ze durven er niet voor uit te komen. We moeten duidelijk maken dat wat zij denken niet verkeerd is. Dat we de meerderheid vormen. Misschien zijn we zelf wel te laf. Een paar opvallende acties die het nieuws halen zijn genoeg. Over een jaar zijn er weer verkiezingen. Tegen die tijd moeten mensen in het stemhokje weten dat wij er zijn en dat we niet bang zijn voor onze mening uit te komen. En zonodig zelfs geweld willen gebruiken om onze eisen kracht bij te zetten!

Cas leunde achterover, sloot zijn ogen en dacht na. Was dit voldoende? Hij schoot recht door een klop op zijn deur.

'We gaan naar bed.' Zijn moeder stak haar hoofd om de deur. Het was een poging tot toenadering, begreep Cas. Gisteravond en vandaag hadden zijn ouders geen woord tegen hem gezegd.

'Ja, *whatever*,' zei hij verveeld, zonder om te kijken.

Zijn moeder zuchtte en sloot de deur weer.

Hij besloot dat wat hij geschreven had, voldoende was. Dit moest wel aandacht trekken. Hij ondertekende de boodschap en verstuurde haar voor hij zich kon bedenken.

Wat zou Lisa nu aan het doen zijn?

Kees legde zijn boek neer, wreef in zijn vermoeide ogen en dacht na. Hij was niet veel ouder dan dertig jaar, maar hij had het ongezonde uiterlijk van iemand die te veel binnen zit en te weinig beweegt. In elk geval was hij ontevreden, altijd, overal. De verongelijkte trek op zijn gezicht was zo ingesleten dat hij niet anders meer kon kijken. Hij had indertijd zijn studie al na twee jaar zonder veel spijt afgebroken. Dat was niet zo vreemd want hij studeerde alleen maar omdat zijn ouders en leraren hem dat hadden aangepraat. Kees' vader had het besluit van zijn zoon hoog opgenomen en van het ene op het andere moment alle financiële steun ingetrokken. Kees was een paar jaar van het ene slecht betaalde in het andere onbevredigende baantje gerold. Natuurlijk was het allemaal beneden zijn niveau, maar zonder diploma geloofde geen enkele werkgever hem wanneer hij daarover klaagde.

Het ergste was nog dat hij zo gedwongen werd samen te werken met mensen met wie hij niets gemeen had. Voetbal interesseerde hem niet en hij keek nooit naar de tv-programma's waarover zijn collega's praatten. Steeds vaker was een van die collega's zelfs de een of andere allochtoon. Voor die tijd kende Kees vreemdelingen alleen uit krantenberichten. Nu hij ze in de praktijk meemaakte, begreep hij opeens waarom er zoveel problemen waren. Ze spraken de taal nauwelijks, maar banen inpikken konden ze als de beste. Bazen vonden het best, want de nieuwe krachten deden aanvankelijk alles wat hen werd opgedragen zonder te protesteren. Maar dan, als ze een tijdje gewerkt hadden, volgde een reeks onduidelijke ziektes en uiteindelijk werden ze nog afgekeurd ook. Goed, Kees had dat maar in één geval zelf meegemaakt, maar in het café hoorde hij dat zoiets geen uitzondering was.

Van de weeromstuit had hij toch weer de boeken gegrepen, nu omdat hij het zelf wilde. Hij probeerde uit te vinden wat er mis was gegaan met het mooie land waarin hij als kind nog had gewoond.

Zijn vrouw lag opgerold op de bank en sliep. Zij was het die in dit huis werkte en na een dag winkelbediende spelen was ze doodop. Kees hoopte maar dat ze zo nog iets zou koken.

Om precies zeven uur klonk de bel. Geert was keurig op tijd, zoals altijd. Linda schrok wakker en keek even vragend om zich heen.

'De bel!' zei Kees.

Ze streek haar haren naar achteren en gaapte. 'Oké.'

Geert was zeker twintig jaar ouder dan Kees, maar zorgde beter voor zichzelf. Drie keer in de week naar de sportschool werd beloond met een gespierd en afgetraind lijf. Met zijn onder de zonnebank gebruind hoofd en stevig postuur was hij een imposante verschijning. Vrouwen lieten het zelden bij één blik. Kees was niet van gisteren. Ook Linda sloofde zich uit wanneer Geert er was. Dan was ze opeens niet moe meer. Het was nauwelijks nog voor te stellen hoe Geert er aan toe was bij hun eerste ontmoeting. Toen was Kees de sterke man en Geert was een sterk vermagerde, uitgeputte man die balanceerde op de rand van een zenuwinstorting.

'Zo te zien heb je er weer een enerverende dag opzitten,' zei Geert. Hij plofte in zijn vaste fauteuil en keek afkeurend naar de stapel boeken.

'We zijn niet allemaal geboren leiders die de wijsheid in pacht hebben,' zei Kees. 'Sommigen van ons denken dat ze nog iets kunnen opsteken van een boek. Moet je ook eens proberen. En ja, ik heb gedaan wat je me gevraagd hebt. Morgen kun je het lezen in de kranten.' Hij wees naar de pc. 'Ik geloof trouwens dat we beet hebben.'

Linda kwam net binnen. Ze had op de gang een kam door haar haren gehaald en keek Geert enthousiast aan. 'Hij vindt dat we wat meer geweld moeten gebruiken om de mensen

van ons bestaan op de hoogte te stellen.'
'Zo,' zei Geert. 'Vindt hij dat?'

Job Pieters was het afdelingshoofd Binnenlandse Veiligheid van de AIVD en stond bekend als een moeilijk heerschap. Hij eiste van zijn medewerkers absolute gehoorzaamheid aan zijn richtlijnen. Een man met een missie, zeiden zijn leidinggevenden. Ondergeschikten hadden het eerder over een uitslover. Een ding was zeker. Hoe men ook over Pieters dacht, wanneer hij je ontbood op zijn kamer, was het zaak op je hoede te zijn. Voor je het wist zat je tot over je oren in het werk en de man controleerde alles wat je deed.

Cor van der Eijk was dan ook niet blij toen er een telefoontje van Pieters' secretaresse kwam. Of hij bij de baas op audiëntie wilde komen. Voor de deur op de derde verdieping kwam een tweede vervelende verrassing. Hans Heinen wachtte al in een stoel naast de deur.

Cor zuchtte. Het was te voorspellen dat ze een gezamenlijke opdracht zouden krijgen. Kreeg hij weer zo'n nieuweling toegewezen. Hij was verdomme geen kinderoppas.

'Zo, jij ook al,' zei hij, zo vriendelijk mogelijk.

Hans trok zijn stropdas recht en keek Van der Eijk neutraal aan zonder iets te zeggen.

Cor plofte in de stoel naast Heinen. Zijn sneakers staken armoedig af bij de glimmend gepoetste schoenen van zijn collega.

'Weet jij waarom we hier zitten?' vroeg hij.

'Omdat we een afspraak met de heer Pieters hebben,' zei Heinen.

Stik maar, dacht Cor en deed er verder het zwijgen toe.

Pieters riep hen zelf binnen. Hij wees naar de twee stoelen voor zijn bureau. Er lag een opengeslagen map voor hem en hij bladerde door de papieren.

'Jullie weten dat ik een fijne neus heb voor problemen,' zei hij ten slotte. Hij nam zijn bril af en keek Van der Eijk en Heinen onderzoekend aan. Pas toen ze alletwee geknikt hadden, ging hij verder. Hij wees op de map voor zich. 'Ik ben bang dat zich hier een probleem aandient. Mijn gevoel zegt me dat er iets broeit. Vraag me niet wat, maar ik voorspel dat er iets te gebeuren staat.'

Kijk, nu is opeens alles duidelijk, dacht Cor gemelijk.

'Kunt u iets preciezer zijn?' vroeg Hans Heinen zonder een spoor van ironie.

Pieters keek verstoord op en wees nog eens naar het dossier. 'We krijgen van verschillende kanten berichten die erop wijzen dat er veel meer activiteit is rond het Blank Front.'

O jee, dacht Cor, de rechtse rakkers plannen weer een of andere bijeenkomst. Die liepen altijd uit op knokpartijen. Waarschijnlijk lekten die lui zelf dat ze ergens bij elkaar kwamen. Dan volgde meteen een reactie van een groep anti-fascisten, die zich geroepen voelde te demonstreren en dan slaags raakte met de knokploeg van het Blank Front. Op die manier was aandacht in het journaal en de kranten gegarandeerd. Hij had dat al te vaak zien gebeuren om het nog een probleem te noemen.

'Het gaat niet zomaar om een bijeenkomst,' zei Pieters, alsof hij Cors gedachten kon lezen. 'Waar ik me zorgen om maak is dat er buitenlanders bij betrokken zijn. Er komen bijna dagelijks telefoontjes uit Duitsland en België. En steeds voor hetzelfde nummer. Natuurlijk is het een prepaid toestel en we weten alleen dat het in Den Haag gebruikt wordt. We monitoren dat toestel al weken.'

'Weet u ook waarover zo druk overlegd wordt?' Van der Eijk vroeg naar de bekende weg.

'Natuurlijk niet,' zei Pieters geërgerd. 'Je weet drommels goed dat we wel in de gaten houden of bepaalde mensen telefoontjes krijgen, wanneer, hoe lang en van waar, maar we hebben nu eenmaal geen toestemming om ze af te luisteren. Niet voor we concrete aanwijzingen hebben voor een acute dreiging.'

Hans ging verzitten. 'Maar u kunt dus wel zeggen wie hier gebeld wordt.'

'Dat wel. Kennen jullie Geert Kops?'

'Die malloot uit Den Haag?' vroeg Cor.

'Die ja, en ik zou hem niet snel een malloot noemen. Die kerel mag er dan in onze ogen gekke ideeën op na houden, hij is niet dom. Als ik het goed heb is hij zelfs een afgestudeerd politicoloog.'

'Het probleem doet zich dus voor in Den Haag,' constateerde Van der Eijk.

Pieters schudde zijn hoofd. 'Niet noodzakelijkerwijs. Uit het verleden weten we dat als er iets groots gepland wordt, de kring van betrokkenen zo klein mogelijk is. Contacten met geloofsgenoten elders in het land leiden alleen maar tot meer mensen die loslippig kunnen worden.'

'Waarom zijn wij hier?' vroeg Hans rustig.

Cor Van der Eijk keek verbaasd opzij. Je kon van die jongen zeggen wat je wilde, maar hij liet zich niet door Pieters intimideren en stootte meteen door tot de kern.

Pieters pakte een kleiner mapje. 'Niet zo ongeduldig. Daar kom ik nu aan toe. Dit is jullie rapport van afgelopen zaterdagnacht. Jullie signaleren dat ook de website van onze vrienden wat levendiger is geworden. Kijk, en daar komt nu mijn fijne neus om de hoek kijken. Ik denk dat het een en het ander niet los van elkaar staat.'

'U denkt dat de nieuwe bijdragen op die site iets van doen hebben met wat er volgens u broeit?' Weer klonk Hans' stem volkomen neutraal.

'Wie weet,' zuchtte Pieters. 'Het punt is dat de mogelijkheid bestaat, en we mogen geen risico's lopen. Als er iets gebeurt zonder dat wij daarvan op de hoogte waren, breekt de hel los. Dan krijgen we weer al die politici over ons heen.'

Van der Eijk kuchte. 'Wat wilt u concreet van ons?'

'Ik wil dat jullie je hier de komende tijd mee bezig gaan houden. Jullie moeten uitvinden wat die Kops bekokstooft en ik wil weten wie de nieuwe auteur is op die website. Als er een verband is kom je daar vanzelf achter.' Pieters schoof de dossiers naar hen toe. 'En ik wil dat jullie rechtstreeks aan mij rapporteren, elke dag.'

'Waar moeten we in vredesnaam beginnen?' vroeg Van der Eijk zich hardop af.

Pieters keek hem kil aan. 'De operationele kant van de zaak laat ik aan jullie over. Dat is per slot van rekening jullie werk.'

Nu was het Hans' beurt om te zuchten. 'Hoe graag wilt u antwoorden?'

Pieters schoot overeind. Hij hield er niet van zo direct bevraagd te worden en zeker niet door zo'n snotneus. 'Zo graag dat het jullie vrijstaat om te doen wat nodig is,' zei hij ten slotte. 'Overigens wil ik daarover niets horen. Wat ik niet weet, hoef ik ook niet op te biechten. Ik wil alleen de resultaten zien. Meneer Van der Eijk kent het klappen van de zweep. Hij zal je wel verder instrueren.'

Van der Eijk stond op. De boodschap was duidelijk. Ze hadden de vrije hand, maar als er iets fout liep, zouden zij de verantwoordelijkheid dragen. Meneer Pieters zou rustig zijn handen in onschuld wassen. Zo ging het altijd.

'Nu weet ik nog niet wat we precies moeten doen,' zei Hans Heinen, toen ze weer op de gang stonden. 'Doet die man altijd zo geheimzinnig?'

'Welkom bij de club,' zei Cor van der Eijk. 'Je hoeft je trouwens geen zorgen te maken. Doe maar gewoon wat ik je zeg, dan komt alles goed.'

'We zullen zien,' zei Hans, 'maar ik ben wel gewend mijn eigen verstand niet uit te schakelen. Ik hoop dat u daar geen bezwaar tegen heeft.'

Brutale hond, dacht Cor. Hij liep zonder te antwoorden naar zijn kamer.

3

White Ruler schrijft als een man met ballen. Helaas
hebben we wel vaker dit soort berichten gelezen. Het
is niet zo moeilijk stoere taal uit te slaan als je veilig
achter je computer zit. Wat telt, is wat mensen willen
DOEN als het er echt op aankomt. Wij zijn doeners. We
hebben vandaag een boodschap voor de politiek afgegeven. Je zult er vast over horen. Nu ben jij aan zet. Is
White Ruler iemand met een grote mond of iemand die
voor zijn mening staat?

Cas las het bericht een paar keer door. Wie zouden die 'wij'
zijn? Was hij werkelijk doorgedrongen tot de mensen die hij
wilde bereiken? In elk geval probeerden zij hem uit zijn tent
te lokken. Dat begreep hij wel. Ze moesten natuurlijk oppassen geen verkeerde mensen te rekruteren. Hoe dan ook, dit
was het cruciale moment. Hij kon nog terug. Gewoon niet
reageren en doorgaan met zijn leven alsof er niets gebeurd
was. Terwijl die gedachten door zijn hoofd schoten, wist Cas
dat hij slechts uitstelde wat onvermijdelijk was. De woede
die zich de laatste weken van hem meester had gemaakt, verdween niet zomaar. Hij moest iets doen, met hoofdletters of
niet.

Try me.

tikte hij met een grimmig gezicht. En toen pakte hij zijn
telefoon. Je was een man met ballen of niet.
'Met Lisa.'
'Met mij... Hoe is het?'

'Ik heb toch gezegd dat ik tijd nodig had om na te denken.'
Ze klonk afgemeten.

'Je hebt toch een dag de tijd gehad. Nou, hoe is het?'

'Wat denk je?'

'Ik mis jou ook.'

'Wie zegt dat ik je mis? Ik vertrouw je gewoon niet meer,' zei ze boos.

In de stilte die viel bedacht Cas allerlei dingen om te zeggen, maar hij kreeg ze niet over zijn lippen. Eigenlijk wilde hij haar alleen maar terug. Dat was het enige dat hij wilde zeggen, schreeuwen zonodig. 'Ga je nog wat zeggen?' zei hij ten slotte.

'Ik weet niet precies wat ik moet zeggen,' zei ze, zo zacht dat het nauwelijks verstaanbaar was.

'Nou gewoon, wat je van mijn nieuwe kapsel vindt, bijvoorbeeld.' Het klonk agressiever dan hij het bedoelde. O nee, hij hoorde dat ze haar neus ophaalde. Ook dat nog. Tegen boosheid was hij bestand, tegen tranen niet.

'Waarom heb je...' Ze schraapte haar keel. 'Je hebt me niet verteld dat je van plan was je kaal te laten scheren.'

'Moet dat dan? Ik mag zelf toch wel weten...'

Ze onderbrak hem snel. 'Natuurlijk mag je dat, maar we hebben afgesproken geen geheimen voor elkaar te hebben, ook niet als de waarheid pijn doet. We hebben alletwee een hekel aan gelieg en bedrieg. Ik begrijp het gewoon niet.'

Cas zuchtte. 'Ik was bang dat je me tegen zou houden.'

Nu was het Lisa's beurt om te zuchten. 'Alsof jij je door iemand laat tegenhouden als je iets per se wilt. Ik wist niet eens dat jij zo'n kale kop mooi vond.'

Hoe moest hij het uitleggen? Dat kwam later wel een keer. 'Ik wilde gewoon uitproberen hoe het eruit zou zien,' zei hij.

'En?'

'Tja, het heeft wel wat,' zei Cas aarzelend. Wat kon hij anders zeggen?

'Je ziet er opeens zo... zo hard uit.'

Mooi, dat was de bedoeling geweest. Toch was de opmerking geen geruststelling. Voor haar wilde hij er helemaal niet hard uitzien. Voor haar wilde hij gewoon dezelfde blijven.

'Mijn vriendje ziet er opeens uit als een skinhead,' zei Lisa. 'Zal papa leuk vinden.'

'Ik ben jouw vriendje, niet dat van je vader.'

'Ja, ja, Cas. Maar dit is anders,' zei ze beslist. 'Het gaat niet alleen over die haren. Er zit iets achter en ik weet niet wat. Dat steekt me. Je houdt iets geheim voor me.'

'Voor jou verandert er niets,' zei Cas. 'Tenminste, dat hoop ik.'

'Ik houd niet van geheimzinnigheid, dat weet je. Die kale kop, daar kan ik wel aan wennen.' Haar stem klonk niet vijandig meer. 'Je mag er nu dan wel hard en stoer uitzien, je ogen zijn nog steeds de ogen waar ik verliefd op werd. Ik moet er gewoon aan wennen dat je er anders uitziet dan je bent.'

Ze moest er aan wennen. Door dat zinnetje kon Cas zijn spieren eindelijk ontspannen. Dit was niet het einde, er kwam immers tijd om te wennen.

'Dus je stuurt me niet definitief de laan uit?'

'Voorlopig niet. Maar je doet wel raar de laatste tijd.'

'Gelukkig. Dat slaat natuurlijk op het "voorlopig niet", niet op het raar zijn. Dat valt wel mee.'

'Ik hoop het. Want als je echt bent veranderd... En je bent natuurlijk wel een lafaard.'

'Hoezo?'

'Je durfde mijn ouders niet onder ogen komen,' zei ze lachend. 'Daarom vroeg je me gisteren om naar het café te komen.'

'Ik ben helemaal geen lafaard,' protesteerde Cas. 'Vanochtend heb ik me er toch ook uit gered in de klas? Je had me wel eens mogen steunen.'

'Toen was ik nog boos op je. Nu niet meer, geloof ik. Durf je morgenavond bij ons te komen eten?'

'Natuurlijk, ik ben een man met ballen.'

De zelfverzekerdheid waarmee hij dat gezegd had, was verdwenen toen hij de avond erna zijn jas aantrok. Hij zag meer op tegen de confrontatie met Lisa's ouders dan tegen het mogelijke antwoord op de website van zijn nieuwe vrienden. Zijn moeder kreeg een kus die ze niet afweerde. Haar boosheid over zijn kale hoofd ebde langzaam weg. Nu zijn vader nog. Die had wat langer nodig om af te koelen. Hij fietste zo hard dat hij hijgend bij Lisa arriveerde. Hij zette zijn fiets vast aan het hek voor het huis en liep met rechte rug de trapjes op. Alleen hijzelf wist dat hij er zelfverzekerder uitzag dan hij zich voelde. Nog voor hij kon aanbellen, zwaaide de deur open. Hij wist dat het lachende meisje bij de deur Lisa was, maar hij schrok van haar uiterlijk. Haar mooie lange haren waren verdwenen en vervangen door korte stoppels. Nee, ze was niet kaal, maar het scheelde weinig.

'Wat kijk je? Is er iets?' vroeg ze. De pretlichtjes in haar ogen waren goed te zien.

'Nee hoor, wat zou er zijn?' zei Cas. Dit spelletje kon hij ook spelen. Hij sloot de deur achter zich en zoende haar.

Lisa liet hem even begaan en duwde hem toen weg. 'Nou, hoe vind je het?' vroeg ze.

Cas haalde een hand door de stugge stoppels op haar hoofd. 'Niks mis mee. Hooguit een beetje lang.'

Lisa porde hem in zijn zij. 'Eikel. Kom maar binnen. Kijken of je daar ook zoveel praatjes hebt. Het vuurpeloton staat klaar.'

Op dat moment ging de deur open en kwam Sanne Lemmens, de nieuwe assistente van Lisa's vader, de gang in. Ze had haar jas nog aan, dus ze had waarschijnlijk alleen spullen afgegeven aan haar baas. Mooi, dacht Cas, een lid van het vuurpeloton minder. Hij had Sanne twee keer ontmoet en wist intussen dat het geen gemakkelijke tante was. Ze kon soms zo fel uit de hoek komen dat iedereen wat verschrikt opkeek. Maar goed, alles beter dan haar voorganger. Dat was een regelrechte eikel geweest.

Sanne Lemmens keek in het voorbijgaan van Cas naar Lisa

en weer terug. Ze schudde alleen haar hoofd en liep zonder iets te zeggen naar buiten.

'Juist,' zei Lisa, 'dat weten we ook weer. Haal maar eens diep adem, jongeman. Het echte gevaar zit binnen.'

Joris Voskamp zag er wat verhit uit, maar dat had niets met Cas' kapsel te maken. Hij droeg een schort en had dus gekookt vandaag. Gelukkig, dacht Cas. Lisa's moeder had veel kwaliteiten, maar die lagen niet in de keuken.

'We gaan meteen aan tafel,' zei Joris. 'Ik moet vanavond nog werken, dus we hebben weinig tijd. Er is vandaag een aanslag gepleegd bij het station van Gouda. Allerlei mensen in Den Haag zijn daar erg zenuwachtig door. Vanavond moet iedereen aan de bak.' Hij schudde zijn hoofd. 'Denken ze nu echt dat wij in Nijmegen kunnen achterhalen wie dat kunstje geflikt heeft?'

Het was alsof iemand een koude hand in Cas' nek legde. Was dit de boodschap waarop zijn contact bij het Blank Front doelde? 'Wat is er gebeurd?' vroeg hij.

Joris haalde zijn schouders op. 'Niets om ons eten te laten bederven,' zei hij. Als het over zijn werk ging, was hij zo gesloten als een oester.

Pas toen ze aan tafel zaten gebeurde het onvermijdelijke. Cas' kale hoofd kon niet genegeerd worden.

'Ik zie dat Lisa niet de enige is die haar verstand heeft verloren,' zei Eva, Lisa's moeder. 'Ik ga me zo steeds ouder voelen. Ik begrijp niet meer wat jullie bezielt.'

'Dus mensen die iets doen dat jij niet begrijpt, hebben hun verstand verloren?' vroeg Lisa poeslief.

Joris kwam snel tussenbeide. Hij kende zijn dames goed genoeg om te weten dat deze discussie binnen de kortste keren zijn maaltijd zou kunnen bederven. 'Wie drinkt er een glas wijn?' vroeg hij.

Eva reikte haar glas aan. 'Ik moet ook nog werken vanavond, maar ik waag het er toch op.' Ze nam een slokje, keek van Lisa naar Cas en schudde haar hoofd zoals Sanne Lemmens dat gedaan had. 'Echt, ik begrijp niet wat jullie bezielt.

Geen van mijn studenten loopt er zo bij.' Eva was sinds een paar jaar hoogleraar aan de Nijmeegse universiteit en beschouwde haar studenten als de maat voor wat tegenwoordig normaal was.

Joris zette het voorgerecht op tafel en keek zijn vrouw verwijtend aan. 'Voor een historicus heb je een slecht geheugen, Eva. Weet je nog hoe jouw ouders reageerden toen ik voor het eerst bij jullie thuiskwam? Ik had haren tot op mijn schouders en vooral je vader was geschokt dat zijn keurige dochter met zo iemand aanpapte.'

'Gaan we oude koeien uit de sloot halen?' Eva hield er niet van terechtgewezen te worden.

'In elk geval heb ik toen besloten me nooit zo te gedragen tegenover mijn eigen kinderen. Laat ze zelf maar uitmaken hoe ze erbij lopen,' zei Joris onverstoorbaar.

'Ik zeg toch ook niet dat ik het wil verbieden,' zei Eva. 'Bovendien gaat de vergelijking niet op. Van jongens met een kapsel als dat van Cas denken mensen al snel dat ze ook verkeerde ideeën hebben.'

'Ja, jouw vader vond ook dat ik langharig, werkschuw tuig was, nog voor hij een woord met me had gewisseld,' zei Joris.

'Goed zo, pa, laat haar maar voelen dat ze bevooroordeeld is,' zei Lisa. 'Voor je het weet heeft ze Cas omgedoopt tot een rechtse skinhead.'

Cas roerde in zijn soep en zweeg.

De Haagse binnenstad zag eruit als op een plaatje van de VVV. De najaarszon was niet sterk genoeg om de temperatuur aangenaam te maken, maar het mooie licht deed alle gebouwen goed uitkomen. Zelfs Cor van der Eijk moest dat toegeven, al foeterde hij inwendig op de parkeerellende. Hij had een kwartier rondjes gereden voor hij zijn auto kwijt kon en nu moest hij nog een heel eind lopen om het politiebureau te bereiken. Zijn contactpersoon hier heette Driessen en van vorige ontmoetingen herinnerde Cor zich dat de man niet dol was op de AIVD. Het telefoongesprek was dan ook stug verlopen, maar Driessen had wel beloofd een en ander voor Cor na te zoeken.

De receptioniste wist van Cors komst en wees hem door naar een van de vergaderkamers. Driessen zat al te wachten en keek demonstratief op zijn horloge.

'Ik was al bang dat je me vergeten was,' zei hij.

'Hoe kan ik jou nou vergeten?' zei Cor. 'Je vriendelijkheid is fameus bij ons. Het is steeds een heel gevecht wie je mag opzoeken. Dit keer ben ik de gelukkige.'

'Ja, ja,' zei Driessen. 'En je wilt zeker ook nog koffie?'

'Met melk en zonder suiker.' Cor gooide zijn jas over een stoel en ging zitten. Terwijl Driessen weg was keek hij onderzoekend naar de stapel papieren op tafel. Er was hier huiswerk gedaan.

'Echte automatenkoffie,' zei Driessen terwijl hij een plastic bekertje voor Cor neerzette. 'Ik begrijp dat jullie het in dat prachtige gebouw beter gewend zijn, maar ja, wij zijn maar gewone agenten.'

Cor van der Eijk was gewend aan de jaloezie. Gewone politiemensen klaagden altijd over de beperkte middelen. De dienst van Cor had veel problemen, maar dankzij de angst voor het terrorisme was er aan geld nooit gebrek.

'Goed,' zei hij. 'En wat is het gewone voetvolk te weten gekomen over meneer Geert Kops?'

Voor Driessen kon antwoorden werden ze onderbroken door Van der Eijks telefoon. Hij rukte het ding boos uit zijn zak. 'Ik hoop voor jou dat het belangrijk is, Heinen, want je stoort me.'

De uitdrukking op zijn gezicht veranderde op slag toen er aan de andere kant geantwoord werd. 'Geen gewonden?' vroeg hij. Hij luisterde gespannen. 'Wát zei Pieters?' brieste hij ten slotte. 'Die man is niet goed wijs. Denkt hij nu echt dat Kops al die internationale contacten nodig heeft voor het opblazen van een transformatorhuisje van de spoorwegen? Dat is een rookgordijn om de aandacht af te leiden van de echte actie…'

Driessen zag dat zijn bezoeker weer onderbroken werd.

Cors gezicht werd rood en vervolgens barste hij in lachen uit. 'Wat stond er in die brief? "Multicultureel is flauwekultureel"? Ongelooflijk, wat een idioten.'

'Dat klonk serieus,' zei Driessen, toen Cor van der Eijk zijn telefoon weer had opgeborgen.

'Dat was helemaal niet serieus,' antwoordde Cor. 'Mijn baas is helemaal over de rooie omdat er een bommetje vlakbij het station van Gouda is gelegd. Het stelde helemaal niets voor. Binnen een uur liepen de treinen weer volgens schema. Nou, waar waren we? O ja, Kops. Wat weet je van die vent?'

Driessen kon een triomfantelijke blik niet onderdrukken. 'Genoeg. Gek eigenlijk dat jullie dat allemaal niet zelf kunnen vinden. Jullie spionnen hebben toch alle mogelijke middelen om...'

'Zullen we ter zake komen?' Cor vond dat Driessen zijn punt intussen wel had gemaakt. De man had trouwens nog gelijk ook.

'Kops is een vreemde snuiter,' begon Driessen. 'We hebben een dossier van hem vanwege een akkefietje een paar jaar geleden. Hij was betrokken bij een vechtpartij tussen leden van de Volksunie en linkse betogers. De man brengt veel tijd door in de sportschool en doet aan karate. Hij had dus heel wat schade aangericht bij onze idealistische vrienden.'

'Is dat jouw definitie van "vreemde snuiter"?'

Driessen keek hem verongelijkt aan. 'Als u me nu even laat uitpraten, menéer Van der Eijk.'

'Ga je gang.'

'Door die kloppartij kregen we hem voor het eerst in het vizier. Omdat we die gasten standaard in de gaten houden, bleek dat hij steeds belangrijker werd in het clubje rechtse fanatiekelingen. Bij elke bijeenkomst is hij aanwezig en iedereen behandelt hem met ontzag. Hij moet dus een belangrijke rol spelen, al weten we niet precies welke.'

Cor knikte. 'Ik begrijp nog steeds niet wat er zo vreemd is aan de man.'

'De voorgeschiedenis.' Driessen zwaaide met een dicht beschreven vel papier. 'Ik ben na jouw telefoontje in de gemeentelijke administratie gedoken en heb er alles uitgehaald wat over onze vriend gaat. Vijf jaar geleden was het een keurige burgerman. Hij was getrouwd, had twee kinderen en gaf les op een middelbare school. Niks op aan te merken.'

'En toen?' vroeg Cor ongeduldig.

'En toen ging het fout. Hij kreeg een burn-out en heeft sindsdien geen dag meer gewerkt. Volledig arbeidsongeschikt. En inmiddels is hij gescheiden ook, de stakker.' Driessen wachtte even om de spanning op te voeren. 'Ik ben natuurlijk naar de school gestapt waar Kops les heeft gegeven, want zo doen wij ouderwetse politiemensen dat. De rector van de school was nog steeds ontdaan toen hij me over zijn voormalige leraar vertelde. We hebben het hier over een echt zwarte school aan de rand van de stad. Kops was een bevlogen leraar die zijn hele ziel en zaligheid in het onderwijs stopte. De school, zei hij altijd, was de plek waar we het verschil kunnen maken. De achterstand van die zwarte kinderen kon alleen daar weggewerkt worden.'

'Die dingen zegt hij tegenwoordig vast niet tegen zijn nieuwe vrienden.'

'Ik denk het niet, nee. Vijf jaar geleden kreeg hij het aan de stok met een Marokkaanse jeugdbende. Een van zijn leerlingen had zich daarbij laten inlijven en Kops bewoog hemel en aarde om die jongen te redden. Dat had hij beter niet kunnen doen. Maandenlang hebben zo'n twintig van die lieverdjes op hem ingehakt. Ze staken de banden van zijn auto kapot, niet een keer, maar zo vaak als ze de kans hadden. In zijn klas werden leerlingen tegen hem opgezet, waardoor zijn lessen in een complete chaos eindigden. Zelfs zijn gezin werd niet met rust gelaten. Zijn vrouw kreeg de gekste telefoontjes. En elke nacht werden ze uit hun bed gebeld. Het was zo erg dat hij politiebescherming kreeg, maar ja…'

'Dat duurt niet eeuwig en bovendien kunnen jullie niet 24 uur per dag om hem heen lopen,' zei Cor.

'Juist. En dus knapte onze idealistische leraar na een paar maanden finaal af. Volgens de rector is hij in die tijd twintig jaar ouder geworden.' Driessen legde het blaadje weer in het dossier. 'Dat is mijn verhaal over Geert Kops.'

Cor van der Eijk had aandachtig geluisterd. 'Mooi werk,' zei hij welgemeend. 'We moeten aannemen dat Kops zijn opvattingen over buitenlanders toen drastisch heeft herzien en doorgeslagen is naar de andere kant.'

'Vind je het gek?'

'Nee, ik vind het helemaal niet gek, maar ik zit hier niet om medelijden te hebben met een geflipte leraar. Volgens mijn baas voert hij misschien iets gevaarlijks in zijn schild en dat kunnen we natuurlijk niet toestaan. Ik denk dat ik die meneer maar eens ga observeren. Woont hij nog steeds op het oude adres?'

De man met het rode haar die zijn twee Duitse veiligheidsambtenaren zo vakkundig had afgeschud, werd door zijn vrienden Heinrich genoemd. Toen de trein naar Amsterdam uit het zicht verdwenen was, haalde hij een sleutel uit zijn zak en opende een bagagekluis. Zoals afgesproken stond er een grote zwarte weekendtas. Heinrich had er kennelijk een hekel aan te worden gevolgd, want nadat hij het station van Amersfoort had verlaten volgden een paar dagen van onvoorspelbare verplaatsingen. Vanuit Amersfoort nam hij de bus naar Apeldoorn waar hij twee nachten in een klein hotel verbleef. De volgende halte, Den Bosch, werd met de trein bereikt. Ook hier nam hij een hotel. Naast het hotel lag een kapperszaak. Op de dag dat Cas in Nijmegen zijn hoofd kaal liet scheren, liet ook Heinrich zijn haar korter knippen. Bovendien werden zijn haren nu onopvallend donkerblond. Cas had zijn nieuwe uiterlijk verontrustend gevonden, maar Heinrich keek heel tevreden naar zijn spiegelbeeld.

Na een nacht in zijn Bossche hotel nam Heinrich weer de bus. Vlak bij de Belgische grens stapte hij uit, keek op het kaartje uit de weekendtas en liep in een kwartier naar een landweg die het bos in leidde. De lampen van een onopvallende groene auto met een Belgisch nummerbord lichtten even op. Heinrich stak zijn hand op, liep de laatste meters naar de auto, gooide zijn weekendtas in de kofferbak en stapte in. De twee mannen kenden elkaar want de begroeting was hartelijk. Daarna verving de chauffeur de Belgische nummerborden door Nederlandse.

4

Cas luisterde nauwelijks naar wat Lisa vertelde. Hij was intussen gewend aan haar korte kapsel en vond haar mooier dan ooit. 'Zo, en nu wil ik het weten. Waarom heb jij eigenlijk je haren kort laten knippen?' vroeg hij.

Lisa onderbrak haar verhaal over de ruzie tussen twee klasgenoten en keek hem verbaasd aan. Ze had haar schoenen uitgeschopt en lag op zijn bed, te wachten tot hij klaar was met zijn e-mail. 'Hoe kom je daar zo opeens bij?'

'We hebben het er nog niet over gehad. Ik bedoel, je ouders hadden zoveel commentaar dat wij er niet aan te pas kwamen.'

'Mijn vader viel me weer eens mee,' zei Lisa. Ze ging rechtop zitten, legde Cas' kussen op haar knieën en leunde daarop met haar ellebogen. 'Ik had eigenlijk van hem de meeste kritiek verwacht.'

'Ik ook, maar Joris is echt een coole vent,' zei Cas. 'Nu draai je er weer omheen trouwens.'

Lisa glimlachte. 'Vervelend is dat, hè? Als je vriendinnetje er opeens heel anders uitziet en het daar van tevoren niet met je over heeft gehad. Je voelt je overvallen en je wordt er een beetje zenuwachtig van.'

'Dus dat is het! Je wilde me een koekje van eigen deeg geven.'

Lisa's gezicht werd nu ernstig. 'Nee Cas, zo is het niet. Ik plaag je er nu mee, maar de eigenlijke reden is dat ik solidair wilde zijn.'

'Solidair?'

'Ja, stommerd, op deze manier werd de aandacht van jou afgeleid. Jouw kale kop was niet meer de enige die opviel.'

Cas stond op. 'Ik vind je lief, Lisa Voskamp.'

Lisa bloosde.

'Hoe laat begint de film?'

Ze keek op haar horloge en strekte zich weer uit op het bed. 'Over een half uurtje. Of zullen we de late voorstelling pakken?'

Cas sloot de deur van zijn kamer aan de binnenkant af. 'En wat doen we intussen?' vroeg hij.

Het was laat toen Cas thuiskwam en hij was doodmoe. Hij keek glimlachend naar het bed dat Lisa weer keurig had opgemaakt voor ze naar de film gingen. Toen hij zijn kleren over een stoel hing, zag hij dat hij zijn computer niet had uitgezet. Hoe moe hij ook was, de verleiding was te sterk. Een paar seconden later was hij klaarwakker. White Ruler was doorgedrongen tot de kern van het Blank Front. Hij had weken gepland en nu bleek alles binnen een paar dagen precies te lopen zoals hij bedacht had. Het bericht was kort maar krachtig. Men wilde White Ruler spreken. Er werd een getal weergegeven. Hij hoefde er maar zijn geboortedatum vanaf te trekken en hij zou een mobiel telefoonnummer hebben dat hij vierentwintig uur per dag kon bellen.

Terwijl Cas de berekening maakte voelde hij zijn ademhaling versnellen. Zijn geboortedatum had nooit op het discussieplatform gestaan. Deze boodschap kwam dus van mensen die zijn aanmelding konden inzien. Hij had hun aandacht! Nu niet te snel reageren. Hij onderdrukte de impuls meteen het nummer te draaien. Morgen of overmorgen was vroeg genoeg. Vijf minuten later lag hij op bed en staarde in het donker. Van slapen zou vannacht weinig komen. Gelukkig rook zijn kussen nog een beetje naar Lisa.

De Haagse volkswijk lag er troosteloos bij. Bij zijn vorige bezoek aan Den Haag had de zon de scherpe kantjes van de werkelijkheid afgehaald. Vandaag beklemtoonde een druilerige regen de sfeer van armoede en verval. Cor van der Eijk vroeg zich af waarom politici niet inzagen dat deze wijken zo een broedplaats werden voor extremisten van allerlei soort. De inwoners hadden er zo te zien tijd genoeg voor. Het leek wel of niemand er werkte. Toen hij een kind was, zag je midden op de dag zelden een man op straat. Nou, dat was nu wel anders. Vooral jonge mannen passeerden zijn auto, mannen in alle kleuren, zo te zien zonder een duidelijk doel. De tijd moest gedood tot het tijd was voor de eerste pilsjes.

Het geluid van zijn telefoon haalde Cor uit zijn sombere gedachten.

'Van der Eijk.'

'Pieters hier. Heb je Kops al gezien?'

'Ja hoor. Onze vriend is om 8 uur naar de bakker gegaan, om 10 uur naar zijn sportschool en nu is hij vanaf 12 uur weer thuis. Vooralsnog is er weinig opwindends te melden.'

'Ik weet zeker dat hij achter die aanslag van gisteren zit,' zei Pieters. 'Blijf hem dus maar schaduwen, al duurt het nog zo lang. Geduld is een schone zaak.'

Cor trok een vies gezicht. Dat kun jij gemakkelijk zeggen, dacht hij, jij zit lekker in je riante kantoor naar je fijne neus te luisteren. 'U zegt het,' zei hij.

Pieters had de spottende ondertoon niet gehoord of hij verkoos er niet op te reageren. 'Ik bel je omdat er een nieuwe ontwikkeling is. Een paar dagen geleden, dus vlak voor die bom in Gouda ontplofte, heeft Heinrich Platt in Berlijn de trein naar Amsterdam genomen.'

'Moet ik die man kennen?'

'In elk geval moet je de naam nu onthouden. Hij is een

hoge meneer in de Duitse rechtse beweging. Officieel heeft hij er geen functie, maar er gebeurt niets zonder dat hij ook opduikt. De Duitse binnenlandse veiligheidsdienst houdt hem al jaren in de gaten. Eigenlijk al vanaf het moment dat hij toevallig logeerde in een stad waar een bom ontplofte in een Turks pension. Hij heeft toen zelfs een paar dagen vastgezeten, maar bewijzen ontbraken. Het is een slimme jongen die buitengewoon goed zorgt dat hij niet te pakken is.'

'En nu is hij dus in Nederland?'

'Zeker weten we het niet. Hij heeft twee slimmeriken die hem volgden een loer gedraaid, en is in Amersfoort uit de trein gestapt. Waar hij naartoe is gegaan of wat hij daarna heeft gedaan is een raadsel.'

'Maar?' vroeg Cor.

'Mijn neus zegt me dat hij naar Nederland is gekomen om met gelijkgezinden hier iets te beramen. Waarom heeft hij anders zoveel moeite gedaan om aan zijn bewakers te ontkomen?'

'Zegt uw neus daar niets over?'

'Als ik jou was zou ik deze zaak wat serieuzer nemen,' zei Pieters.

'Hoe ziet onze Heinrich eruit?' vroeg van der Eijk snel.

'Dat is een geluk bij een ongeluk. De man is ergens tussen de veertig en vijftig jaar en erg onopvallend op één ding na. Hij heeft halflang vuurrood haar.'

'Dus als zich een Duitssprekende meneer bij Kops meldt die ook nog rood haar heeft, dan wilt u daarvan op de hoogte worden gebracht?'

'Dat heb je goed begrepen. Goede wacht verder.'

Cor gooide zijn telefoon op de passagiersstoel en schroefde de dop van zijn thermosfles.

Zijn wachten werd tegen drieën beloond. Geert Kops sloot de deur achter zich en liep rustig de straat uit. Een grote, gebruinde man, recht van lijf en leden en onaantastbaar voor het weer. Hij had geen paraplu nodig. Van der Eijk gromde.

En zo iemand is arbeidsongeschikt, dacht hij. Dan had ik zelf al jaren thuis moeten zitten. Hij pakte snel zijn telefoon en een paraplu, en liep achter Kops aan. Dat was nog niet eenvoudig. De man had een fors tempo en twee straten verder hijgde Cor al. Gelukkig duurde de wandeling niet lang. In de Valentijnstraat belde Kops aan bij een huis dat er zo mogelijk nog meer vervallen uitzag dan de rest van de buurt. Van der Eijk aarzelde. Er was hier geen mogelijkheid zich onopvallend op te houden. Hoe kwamen ze er in films toch altijd bij dat er op een plek als deze altijd net een restaurantje was waar je uren met een kop koffie kon zitten wachten? Hij sloeg zijn kraag op en keek om zich heen naar een plek waar hij onopvallend zou kunnen wachten.

Zijn telefoon piepte.

'Met Driessen. Je hebt de keus. Je kunt daar als een clown in de regen blijven staan of je kunt bij mij in de auto komen zitten. Hier is het wel zo droog en je valt ook niet zo op.'

Van der Eijk keek om zich heen en zag toen pas het norse gezicht van de Haagse politieman achter een beregende voorruit. De keus was eenvoudig. Hij stapte snel in.

'Wat doe jij hier?' vroeg hij.

Driessen bleef naar de deur kijken waarachter Kops was verdwenen. 'Jij was laatst zo geïnteresseerd in die meneer dat ik besloten heb hem wat beter in de gaten te houden.'

'Om mij een plezier te doen zeker?'

'Jouw baas heeft veel invloed op mijn baas. Die heeft me opgedragen alles te doen om jullie onderzoek te helpen. Er moet wel iets heel gevaarlijks aan de hand zijn wil mijn baas gewone politiemensen van hun eigenlijke werk halen. Weet jij daar meer van?'

'Was het maar waar. Allemaal vermoedens en giswerk.'

Driessen schudde zijn hoofd. 'Misschien zit ik hier dus voor nop.'

'Ik hoop het,' zei Van der Eijk. 'Als ik moet kiezen tussen een onverwachte aanslag en zinloos posten… Waarom heb ik je trouwens niet gezien voor Kops huis?'

'Omdat we intussen weten dat hij rond deze tijd altijd naar dit adres komt.'

'Wie woont hier?'

Driessen grinnikte. 'Jullie spionnen kunnen niet zonder ons, hè? Op dit adres wonen Kees en Linda, hij is een onduidelijke figuur met verkeerde ideeën en zij moet een stom wicht zijn. Anders zou ze niet bij Kees blijven. Zij werkt, hij niet. Geen idee wat ze met Kops van doen hebben, maar veel heeft het vast niet om het lijf.'

Van der Eijk dacht even na. 'Kennelijk wel. Waarom zou Kops hier anders zo vaak komen? Daar moet toch een reden voor zijn.'

'Er kunnen verschillende redenen zijn. Naar sommige moet ik gokken. Bijvoorbeeld dat hij via een computer in dit huis contacten onderhoudt.'

'En hij wil zelf niet met die computer in verband worden gebracht? Klinkt logisch. En de andere reden?'

'Kees en Linda hebben een achtertuin die via een poortje in verbinding staat met een pleintje waar altijd een auto geparkeerd staat die door Kops gebruikt wordt. Nee, hij staat natuurlijk niet op zijn naam, maar hij heeft wel de sleutels.'

'Juist,' zei Cor van der Eijk. 'En nu ga je die domme spion natuurlijk vertellen waarom jij toch hier staat en niet bij die auto.'

'Een collega van me staat bij dat pleintje. We wisselen elkaar af om niet te veel op te vallen. Als Kops het huis verlaat, of het nu hier is of aan de achterkant, wij staan klaar om hem te volgen.'

Cor zocht naast zijn stoel. 'Kan die rugleuning naar achteren? Ik ben wat slaperig geworden van die regen.'

Driessen vond zonder te kijken de knop en gaf er een ruk aan. Cor schoot naar achteren.

'Alsjeblieft,' zei Driessen.

'Dank je wel,' zei Cor. Hij sloot zijn ogen, maar sliep geen moment. De vragen die Driessen gesteld had, tolden door zijn hoofd zonder ook maar in de buurt van een oplossing te komen. Die Driessen was trouwens een geschikte vent. Jammer dat hij niet bij de AIVD werkte. Elke goede collega was meegenomen.

Cor schrok op uit zijn overpeinzingen toen de radio in Driessens auto kraakte. 'Hij vertrekt,' zei een stem.

Driessen pakte de mobilofoon. 'Laat maar weten waar hij heen gaat. We wisselen elkaar dan weer af,' zei hij. Hij startte de motor en reed rustig de straat uit. De stem in de radio dirigeerde hen naar de Scheveningseweg. Net voorbij het bos wees Driessen op een gedeukte Opel die in de richting van de badplaats reed. 'Dat is hem,' zei hij tegen van der Eijk.

'Ik passeer hem nu en rij door tot Scheveningen. Neem jij het over?'

'Goed,' zei Driessen. Hij versnelde zodat hij tweehonderd meter achter de Opel reed.

Kops hield zich keurig aan de verkeersregels en reed vijf minuten later Scheveningen binnen. In deze tijd van het jaar was de plaats zo rustig dat het volgen geen probleem was. Ze passeerden het Kurhaus en het Circustheater, en reden de boulevard op. Driessen hield zijn collega op de hoogte. Het vinden van een parkeerplaats was geen probleem voor Kops. Hij stapte uit, kocht een parkeerkaartje en liep naar een café aan de overkant.

'Hij gaat Het Baken binnen,' zei Driessen in de mobilofoon en parkeerde een paar plaatsen verder. Vanaf deze plaats keken ze zo naar binnen.

Kops was niet bang gezien te worden want hij schoof aan bij twee mannen die aan een tafeltje voor het raam zaten. Ze gaven elkaar een hand en waren snel in een druk gesprek gewikkeld.

Driessen haalde een fototoestel onder zijn stoel vandaan, stelde scherp en drukte af. Vervolgens controleerde hij of de opname goed genoeg was. 'Ik ken die twee niet,' zei hij. 'Jij wel?'

'Nee,' zei Cor. Het zou ook te mooi zijn geweest als een van de twee mannen rood haar had gehad. 'Stuur mij de foto ook maar. Wie weet kom ik ze nog tegen in een van onze bestanden.'

Een half uur later kwamen de twee onbekende mannen naar buiten. Hun auto stond net voor die van Driessen geparkeerd, een onopvallend groen ding. Terwijl ze wegreden keek Kops vanachter het raam toe.

'Valt je iets op?' vroeg Driessen.

'Volgens het nummerbord zou dit een jonge auto moeten zijn,' zei Cor van der Eijk. 'Dat is hij verre van.'

'Juist,' zei Driessen. Hij pakte zijn telefoon en toetste een nummer in. 'Kun je een kentekenbewijs voor me opzoeken?'

5

'Ja?' zei een barse stem.

Cas ademde diep in. 'Met White Ruler,' zei hij toen.

'O.'

Cas hoorde dat de man snel begon te ademen. 'Met wie spreek ik?' vroeg hij.

'Eh… Goed dat je belt,' hakkelde de man. 'Wat wil je van ons?'

Dit kon nooit een van de leidende figuren zijn, dacht Cas. En als dat wel zo was, zou hij verder geen contact meer zoeken. 'Nou wordt-ie mooi,' zei hij. 'Jullie hebben mij dit nummer toegestuurd. Ik wil dus graag weten wat jullie van mij willen. Ik vroeg trouwens naar je naam.'

Het bleef even stil. 'Ik heet Kees,' zei de man ten slotte. 'We willen gewoon een praatje maken.'

'Wie is "we"?'

'Grapjas.'

Cas drukte het gesprek weg. Laat Kees maar even zweten, dacht hij. Hij zal merken dat hij van doen heeft met een man met ballen. Hij had natuurlijk voor het gesprek de nummerweergave uitgezet en zag voor zich hoe de man aan de andere kant van de lijn foeterend naar de sterretjes op zijn schermpje zat te kijken.

Tien minuten later toetste hij hetzelfde nummer in.

'White Ruler?' De man klonk nu een stuk toeschietelijker.

'Ik wil het nog één keer proberen,' zei Cas. 'Gebruik die kans goed. Als ik nu ophang is het definitief.'

'Je bent wel een opgewonden standje, zeg. Is dat nodig?'

'Ik vroeg wie met me wilde praten.' Cas groeide in zijn rol en was zelf verbaasd over de autoriteit in zijn stem.

Kees ademde nog steeds hoorbaar. Kennelijk had hij het maar moeilijk met dit gesprek. 'Je begrijpt dat ik geen namen kan noemen.'

'Ga door.'

'Onze aandacht is getrokken door de berichten die je op ons discussieplatform hebt gezet. Dat ben jij toch?'

'Nee, mijn moeder zullen we zeggen.'

'Je ideeën spreken ons aan. Misschien dat je wat nauwer bij de organisatie betrokken wilt worden. Eerlijk gezegd zijn er meer mensen die ons met de mond steunen dan door echt iets te doen.'

'Ik weet het, lamzakken zijn het,' zei Cas. 'Welke organisatie?'

Kees was intussen van de eerste schrik bekomen. Zijn stem klonk iets zelfverzekerder. 'Dat lijkt me nogal logisch. We zijn niet van de padvinderij en we weten wat je op het platform hebt gezet, inclusief je geboortedatum.'

Nu was Cas even stil. De man aan de andere kant van de lijn was dan misschien een zenuwachtig type, hij klonk als iemand die onderwijs gevolgd had. Ook als dat niet zo was geweest, zou hij bij een ontmoeting meteen zien dat de opgegeven geboortedatum niet klopte. 'Ik ben trouwens zeventien, geen zevenentwintig,' zei hij.

Kees lachte. 'Dat zal mij een zorg zijn. Wij zijn niet geïnteresseerd in de leeftijd van onze mensen, maar in hun overtuiging. Daar willen we ons persoonlijk van overtuigen en dat kan niet door de telefoon. Heb je er iets op tegen een babbeltje te maken met een van ons?'

'Nee,' zei Cas. 'Zeg maar waar en wanneer.'

'Ho, ho, zo snel gaat dat niet. Bel morgen rond deze tijd maar terug, dan weet ik meer,' zei Kees en beëindigde het gesprek zonder groet.

Cas liet zich op zijn bed vallen, sloot zijn ogen en voelde dat zijn rug nat was van het zweet.

Van der Eijk had plaatsgenomen op een hoek van het bureau van Hans Heinen. Die was meteen een stuk opzij geschoven. 'Dus u weet niet wie die twee mannen zijn?' vroeg hij.

'Nee,' zei Cor. 'Ik hoopte dat jij ze zou herkennen. Jij hebt de afgelopen weken toch dag en nacht in de dossiers gezeten, uitslover die je bent.' Hij legde een foto op het bureau.

Hans Heinen bekeek de mannen aandachtig. 'Die ene ken ik niet.' Hij wees op de kleinste van de twee. 'Maar deze meneer komt me bekend voor. Als ik me niet vergis heet hij Vercauteren. Het is een Belg die in kringen van het Vlaams Belang verkeert. Binnen die groep vinden ze hem rechts, kun je nagaan.'

'Waarom komt een Belgische Vercauteren met onze Kops praten?' vroeg Cor van der Eijk zich hardop af. 'En wie is die andere man?'

'Goede vraag. Weet u ook een antwoord?'

'Nee.' Cor schoof Hans Heinen nog een ander papier toe. 'En die auto klopt ook niet. Het kenteken hoort bij een splinternieuwe Volvo en niet bij zo'n oude roestbak.'

Hans Heinen knikte. 'En wie is de eigenaar van die Volvo?'

'Een bejaard stel dat al een maand in Australië is om daar hun zoon te bezoeken. Je kunt van onze vrienden zeggen wat je wilt, maar ze zijn goed geïnformeerd en ze doen veel moeite om niet achterhaald te worden. Het is stom toeval dat we hier achter zijn gekomen. Omdat we Kops volgden, krijgen we deze informatie in de schoot geworpen.'

'Weet je,' zei Hans Heinen, 'volgens mij werkt de neus van Pieters echt zo goed als hij beweert. Zo langzamerhand begin ik te geloven dat er inderdaad iets broeit.'

Van der Eijk haalde zijn schouders op. Die knul geloofde er maar een end op los. Eerst zien dan geloven, was zijn eigen motto.

'Jij bent in voor een gesprek, begreep ik.'

Cas hoorde meteen aan de stem dat deze man niet zo gemakkelijk was te intimideren als Kees. 'Dat ligt er aan.' Nu was hij degene die aarzelde.

'Luister, jongen, ik ben te oud voor spelletjes. Gisteren zei je met ons te willen praten. Heb je je bedacht?' De stem klonk ijskoud.

'Nee, ik heb me niet bedacht.'

'Mooi. Aanstaande zaterdag is er een bijeenkomst van de NVU in Doetinchem. Ik stel voor dat we elkaar daar spreken.'

Cas had al voldoende voor zijn profielwerkstuk gelezen om te weten dat NVU stond voor de Nederlandse Volks Unie; een beweging zo extreem rechts dat ze als politieke partij was verboden. 'Dus u bent van de NVU?' probeerde hij.

'Ik ben alleen van mezelf,' zei de man kortaf. 'Bij de NVU zitten verstandige mensen, dat wel, en ik bezoek al dit soort bijeenkomsten. Je komt er soms interessante figuren tegen, geloofsgenoten.'

'Tijd en plaats graag,' zei Cas. Hij kon zeker zo autoritair zijn als de man aan de andere kant van de lijn.

'De meeting begint om 11 uur in een zaal achter Café Sport, vlak bij het station. Als je bij de ingang wacht, spreek ik je daar aan.'

'Hoe weet u hoe ik eruit zie?'

'Omdat je met een boek onder je arm gaat lopen. Ik weet

zeker dat je daar de enige zult zijn die dat doet. Ben je bang uitgevallen?'

'Nee, zei Cas. 'Moet dat dan?'

'Liefst niet, maar er zijn altijd mensen die liever niet zien dat wij bij elkaar komen. Het loopt meestal uit op een knokpartij.'

'We zullen zien,' zei Cas zo achteloos mogelijk.

'Verder nog vragen?'

'Moet ik nog een speciaal boek onder de arm klemmen?'

De verbinding werd abrupt verbroken. Dat weten we dan ook weer, dacht Cas. Humor wordt niet op prijs gesteld.

Hans Heinen had de aantekeningen van Van der Eijk aandachtig gelezen. Van der Eijk mag er dan uitzien als een sloddervos, dacht hij, op zijn werk is niets aan te merken. Hij legde de foto's van de drie mannen in het Scheveningse café naast elkaar en bestudeerde aandachtig alle details. Vercauteren en Kops kende hij. Van de derde man had hij gezegd dat hij hem niet eerder had gezien. Toch was het net alsof het gezicht hem bekend voorkwam. Hoe langer hij de man bekeek, hoe meer hij daarvan overtuigd raakte. Hij sloot zijn ogen en wachtte op de inval. Hij was deze man eerder tegengekomen, ergens op een foto. Misschien moest hij er een baard bij denken of een bril.

Na een paar minuten gaf Heinen het op en stopte alle gegevens weer in de map. Toch was hij nog zo verdiept in zijn gedachten dat hij de collega pas opmerkte toen die nadrukkelijk kuchte. Frits Kersten was nog jonger dan hij en bovendien lager in rang. Het kwam hier zelden voor dat híj het voor het zeggen had.

'Heeft u even voor mij?' vroeg Frits Kersten.

Keurige jongen, dacht Hans goedkeurend. Hij noemt me zelfs u. Mooi. Kersten werkte op wat nog steeds de radiokamer heette. Het was het afluistercentrum van de dienst waar tegenwoordig veel meer dan alleen radioberichten in de gaten werd gehouden.

'Zeg het eens,' zei Hans.

Kersten aarzelde. 'Ik weet niet zeker of...'

'Voor de draad ermee,' zei Heinen op de verveelde toon die Van der Eijk altijd aansloeg.

Die aanmoediging was voldoende voor Kersten. 'We moeten van meneer Pieters een mobiele telefoon in de gaten houden. Van iemand uit Den Haag. De laatste tijd komen daar steeds telefoontjes op binnen uit België en Duitsland.'

'Dat heb ik begrepen, ja,' zei Hans. Die jongen moest niet denken dat hij niet op de hoogte was. En hij hoefde al zeker niet te weten dat Heinen nu pas de link legde met Vercauteren. Zou uit te vinden zijn of Vercauteren de Belgische beller was?

'Zijn er de laatste twee dagen nog telefoontjes uit België gekomen?' vroeg hij.

'Nu u het zegt, nee. Een tijdlang was er bijna dagelijks contact, sinds twee dagen niet meer.' Frits Kersten keek verbaasd.

Juist, dacht Heinen. Natuurlijk wordt er nu niet meer gebeld. De heren kunnen elkaar in het café in levende lijve spreken. Als de beller echt Vercauteren is tenminste. Hans' gezicht verstrakte. Hij hield van overzichtelijke zaken. Dit was voorlopig een rommeltje.

'Wat is er met dat Haagse nummer?' vroeg hij korzelig.

'Normaal gesproken wordt het toestel niet gebeld, behalve door die buitenlanders dan. En nu, twee dagen achter elkaar heeft iemand uit Nederland contact gezocht, gisteren en zonet weer.'

Heinen vergat Vercauteren en was opeens een en al aandacht. 'Weet je wie er belde?'

Kersten schudde zijn hoofd. 'Ik heb wel het nummer, maar dat komt in onze bestanden niet voor. De beller wilde trouwens eigenlijk niet getraceerd worden, want hij had de nummerweergave uitgezet.'

'Dat betekent alleen dat de persoon die in Den Haag gebeld werd niet weet wie hem benaderde, maar wij gelukkig wel. Nu nog de naam van de eigenaar van dat toestel.'

'U weet dat we dat niet kunnen achterhalen,' zei Frits Kersten met een ongelukkig gezicht.

'Als je het nummer weet, weet je toch ook welke provider dat nummer ondersteunt,' zei Hans ongeduldig.

'Maar die providers werken niet mee. Er zijn al te vaak berichten in de krant verschenen dat ze hun gegevens niet vertrouwelijk behandelen. Ze zijn doodsbang hun klanten kwijt te raken. Trouwens, wij hebben van hogerhand de opdracht niet meer aan te dringen. Tenzij er echt duidelijke aanwijzingen zijn voor een ophanden zijnde aanslag of zoiets.'

Hans zuchtte. Toen hij nog op de opleiding zat, was hij helemaal voor de bescherming van privacy geweest. Maar nu... Hij begreep al na twee weken waarom zijn oudere collega's steeds over de politiek klaagden. Als hij niet oppaste, zou hij al snel even cynisch worden.

'Nou ja, jammer. Heb je wel kunnen peilen waar de twee telefoontjes vandaan kwamen?' vroeg hij.

Frits Kersten knikte opgelucht. 'Jazeker. Het is een mobiel nummer, maar beide keren werd er vanuit Nijmegen gebeld.'

'Mooi werk,' zei Hans. 'Dat weten we dan weer. Mag ik het nummer van je? Je weet maar nooit of we het nog eens tegenkomen.'

Het gesprek tussen Hans Heinen en zijn nog jongere collega vond plaats op donderdag rond vier uur 's middags. Rond diezelfde tijd zat Driessen verveeld voor zich uit te kijken in zijn onopvallende auto. Vandaag was het zijn beurt het parkeerplaatsje met Kops' auto in de gaten te houden. Om 16.03 uur stopte een fietser naast Driessens auto, tikte tegen het raam en leunde met een hand tegen de auto. Driessen keek verbaasd op, zag een vriendelijk gezicht en draaide het raampje naar beneden. Tot zijn verbijstering haalde de man een pistool uit zijn zak en schoot, nog steeds vriendelijk glimlachend, twee keer. Het tweede schot was niet nodig geweest. Driessen stierf onmiddellijk toen de eerste kogel een gloeiend spoor van vernieling in zijn hersenen trok. De man op de fiets stopte zijn wapen weg en trapte toen rustig de straat uit, als de eerste de beste ambtenaar op weg naar huis.

Het tijdstip was zo nauwkeurig bekend omdat een vrouw tien meter verderop haar ramen stond te wassen. Ze hoorde de schoten, zag de dader wegfietsen, maar durfde niet te gaan kijken wat die had aangericht. In plaats daarvan rende ze naar binnen en belde het alarmnummer. Het gesprek kwam binnen om 16.04. Twintig minuten later was duidelijk dat het slachtoffer een politieman was en veranderde Den Haag in het terrein van een klopjacht. Een zinloze klopjacht want het signalement van de dader was heel vaag. Van de vrouwelijke getuige werd de politie niet veel wijzer. Het arme mens was zo in de war dat ze eerst een kalmerend middel kreeg toegediend voor ze in staat was vragen te beantwoorden. Ze had gezien dat een man op een fiets bij de auto was gestopt. Even later had ze twee schoten gehoord. O ja, en ze had de man zien wegfietsen. Hoe hij eruit zag, wist ze niet. Leeftijd? Huidskleur? Nee, sorry, niet op gelet. Een groep tieners verderop had de man ook gezien. Zij wisten te vertellen dat hij blank was, tussen de dertig en de veertig en dat hij een groene legerjas droeg.

Om vijf uur stopte een auto bij het afzetlint. Een dikkige man in een verfrommelde jas stapte uit en liep naar de plek van de moord. Een agent hield hem tegen, maar veranderde van mening toen de man zijn pasje liet zien.

'Loopt u maar door, meneer Van der Eijk.'

Alle activiteit concentreerde zich rond de auto van Driessen. Er liepen mensen van de technische recherche in hun witte overalls en een fotograaf maakte opnamen vanuit alle mogelijke hoeken. Twee mannen in gewone kleren stonden op twee meter van de auto en praatten druk met elkaar. De oudste van de twee legde net een hand op de schouder van de jongere toen Cor bij hen kwam staan.

'Van der Eijk. Ik werkte met Driessen aan dezelfde zaak,' zei Cor. Hij liet weer zijn pasje zien.

'Ik had het kunnen weten,' zei de oudere inspecteur nijdig.

'Dit soort dingen maken wij normaal gesproken nooit mee. Maar als het een zaakje is waar jullie bij betrokken zijn, dan is alles mogelijk.'

Cor hoorde nauwelijks wat er tegen hem werd gezegd. Hij was diep geschokt door de aanblik van het slachtoffer. Over de schouder van de inspecteur zag hij Driessens hoofd dat tegen de hoofdsteun gevleid lag alsof hij sliep. Alleen de rode strepen die van zijn slaap naar zijn kraag liepen wezen op de moord. 'Wat een ellende,' zei hij. 'Driessen was een perfecte collega.'

'En bovendien een perfecte echtgenoot en vader van drie kinderen.' Nu was het de jongste van de twee mannen die sprak. Hij was zo mogelijk nog bleker dan Driessen en hij had tranen in zijn ogen staan.

Cor herinnerde zich de situatie die Driessen de dag tevoren nog had beschreven. 'Stond jij aan de voorkant van het huis?' vroeg hij.

'Ja, ik heb niets gemerkt. Pas toen de politieradio melding maakte van een schietpartij hier, realiseerde ik me dat...' Hij keek even geschokt in de verte. 'Het is puur toeval dat ik hier niet in de auto zit met een gat in mijn hoofd. We wisselden regelmatig van positie.'

'Ik kan jullie alleen maar sterkte wensen,' zei Cor. 'Wil je ons op de hoogte houden van de vorderingen in het onderzoek?'

Toen hij weer in zijn eigen auto zat, sloeg hij met zijn vuist op het stuurwiel en vloekte hij hartgrondig. Driessen was een goede vent die eigenlijk niets met deze zaak te maken had en toevallig op het verkeerde moment op de verkeerde plaats was. Deze moord maakte ook nog iets anders duidelijk. Pieters had gelijk. Er broeide iets en de mensen die daarachter zaten waren professioneel, goed voorbereid en tot alles in staat. Hij pakte zijn telefoon en toetste met een grimmige trek op zijn gezicht Heinens nummer. Opeens was het onderzoek persoonlijk geworden. Hij zou niet rusten voor de schoft die dit gedaan had, opgepakt was.

Bij het verlaten van de sportschool werd Geert Kops opgewacht door twee mannen die keurig hun pasjes lieten zien en hem vroegen mee te komen naar het bureau.

'Maar natuurlijk,' zei Kops.

Op het politiebureau wachtte een van de twee mannen samen met Kops op de gang. De ander ging een verhoorkamer binnen. Vijf minuten later werd Kops dezelfde kamer binnengebracht. Zijn twee begeleiders verdwenen zonder iets te zeggen. Achter een tafel zat een jongeman, type ideale schoonzoon. Hij stond op, glimlachte vriendelijk en stak een hand uit. 'Heinen is mijn naam. Gaat u zitten.'

Kops was volkomen op zijn gemak en keek de man aan de andere kant van de tafel neutraal aan.

'U vraagt niet waarom u hier bent,' zei Hans Heinen. 'Ik begreep dat u dat zelfs niet hebt gevraagd aan de twee mannen die u hier gebracht hebben.'

'Nee,' zei Kops. 'Ik wilde me laten verrassen.'

'Ik heb een paar vragen voor u.'

'Dat kan, maar eerst wil ik een identificatiebewijs zien,' zei Kops rustig.

Heinen haalde een pasje uit zijn jas en schoof het over de tafel.

Kops bekeek het pasje even en lachte toen. 'Juist ja. Ik vond al dat je er veel te deftig uitzag voor een politieman.'

'Over politiemannen gesproken. Kent u deze man?' Hans was opgestaan, stond nu naast Kops en legde een foto van Driessen op tafel.

'Nooit gezien,' zei Kops. 'Wie is het?'

'Wie was het, moet u zeggen,' zei Hans Heinen. Hij legde een andere foto op de eerste. De twee hoofdwonden waren duidelijk zichtbaar.

'Zo. Dat ziet er ongezond uit,' zei Kops achteloos.

'Waar was u vanmiddag tussen half vier en half vijf?'

'Bij mijn sportschool.'

'Zijn er mensen die u daar hebben gezien?'

'Minstens twintig.'

'Dan mag u gaan,' zei Hans Heinen.

'Ik neem aan dat de twee mannen die me gehaald hebben, me ook weer terugbrengen?'

'Vanzelfsprekend. Goedemiddag, meneer Kops.' Heinen hield de deur voor Kops open en sloot die rustig achter hem. Toen trapte hij zo hard tegen de vuilnisbak dat die aan de andere kant van de kamer terechtkwam. Hij ging weer zitten en pakte zijn telefoon.

'Van der Eijk? Met Heinen. U had gelijk. Zijn alibi is waterdicht. Wat een onuitstaanbare kerel trouwens.'

6

De zaterdagochtend was mistig begonnen, maar toen Cas om elf uur in Arnhem aankwam om over te stappen op de trein naar Doetinchem, scheen de zon zo uitbundig als eind oktober maar mogelijk is. Natuurlijk was hij zenuwachtig. Hij had er geen idee van wat hem te wachten stond. Om de een of andere reden had hij het gevoel gekregen dat zijn gesprekspartner haast had. Sinds het versturen van zijn eerste boodschap naar het discussieforum van het Blank Front waren nog maar acht dagen verstreken. Hij had niet durven hopen dat hij zo snel zou doordringen tot de kern van de organisatie. Het leek wel of ze hadden zitten wachten op iemand als hij. Zouden ze hem meteen willen inzetten? En waarbij dan? Van dit soort gedachten werd hij niet rustiger.

De trein die naar Doetinchem zou vertrekken, stond al klaar. Het perron werd gedomineerd door groepen jonge mannen gekleed in zwarte broeken en jacks. Ze droegen allemaal legerschoenen en hadden een capuchon over hun hoofd getrokken. Waarschijnlijk waren dit leden van de ordedienst van het front, want ze bekeken iedereen die in de trein stapte onderzoekend. Cas ging automatisch langzamer lopen.

Bij de kop van het eerste treinstel stonden drie van de in zwart geklede figuren wijdbeens naast elkaar. Op deze manier namen ze bijna de hele breedte van het perron in beslag. De kille, zelfverzekerde ogen schoten van de ene naar de andere reiziger. Wie eruit zag als een doorsnee Achterhoeker kon passeren. Een zwarte vrouw met aan elke hand een klein kind stond besluiteloos voor de mannen. Eerst probeerde ze hen aan de linkerkant te passeren, maar de zwarte muur schoof meteen die kant op. Toen probeerde ze het aan de kant van de trein. Weer verschoof de muur, nu tot aan de rand van het perron.

Twee conducteurs hadden het tafereel van een afstand bekeken en besloten dat het tijd was om in te grijpen. 'Laat die vrouw door, jongens,' zei een van hen.

De drie mannen in het zwart leken hem niet eens te horen.

De twee conducteurs keken elkaar even aan. Een van hen pakte de vrouw bij een schouder, terwijl de ander tussen het treinstel en de mannen van de ordedienst drong om zo ruimte te maken. De vrouw glipte langs hem en holde naar de eerste deur.

Cas haalde een paar keer diep adem. Hij grijnsde naar de mannen en gaf ze een knipoog. Meteen weken ze uiteen en lieten hem zonder problemen doorlopen. Hij stapte in dezelfde coupé als de zwarte vrouw. Ze zat weggedoken in een hoek van de bank, een kind op schoot, het andere naast zich. Ze keek Cas angstig aan en drukte de kinderen nog wat dichter tegen zich aan. Cas vond een lege plaats schuin tegenover de drie bange mensen en keek stuurs naar buiten. Een van de kinderen, een jongetje van een jaar of zes, begon te huilen en verborg zijn gezicht achter zijn moeders arm. Toen Cas opkeek zag hij hoe de moeder hem monsterde. Hij zag wat zij zag. Een jonge man met een kaal hoofd en een legerjack. Het soort jonge mannen dat ze steeds vaker tegenkwam en dat haar angst inboezemde.

Op het kleine station van Doetinchem was het zo druk dat het dringen was om bij de uitgang te komen. Cas slenterde achter de zwarte vrouw en haar kinderen naar buiten. Dit keer werd hun geen strobreed in de weg gelegd. Op het stationsplein keek hij even om zich heen, maar zag al snel naar welke kant hij moest gaan. De mannen die in groepjes de tegenover het station gelegen straat inliepen, waren duidelijk herkenbaar. Alleen de letters NVU op hun rug ontbraken. In elk geval wezen ze Cas de weg. Bij een modern uitziend café verdwenen de mannen naar binnen. Ook hier stonden bij de deur enkele potige soortgenoten die elke voorbijganger aandachtig bekeken.

Meteen voelde Cas zich ongemakkelijk. Hij was er nog niet aan gewend dat zijn uiterlijk zo veranderd was dat hij weinig verschilde van de andere bezoekers van de bijeenkomst. Het meest opvallende verschil was het boek dat hij onder zijn arm geknield had. Net voor ook hij het café binnenging, tikte een man hem op de schouder. Hij keek in twee ogen die hem wantrouwend aankeken.

'Volg mij maar,' zei de man en liep terug naar het station zonder op antwoord te wachten.

Cas bleef staan en keek de man besluiteloos na.

Nu was het een van de bewakers bij de deur die hem aanstootte. 'Ga maar,' zei hij. 'Kees is te vertrouwen.'

Cas liep op zijn gemak achter de man die Kees heette aan. Voor het station haalde hij hem in.

'Wat is de bedoeling, Kees?' vroeg hij.

Kees was meteen een en al aandacht. 'Hoe weet je mijn naam?'

Cas haalde zijn schouders op. 'Wat de bedoeling is, vroeg ik.'

De man twijfelde even. 'Alsof ik dat weet,' zei hij toen. 'Ik heb de opdracht de jongen met een boek onder de arm naar Arnhem te brengen voor een gesprek met... Voor een gesprek.'

'Ik kom net uit Arnhem,' zei Cas verontwaardigd.

'De man met wie je gaat praten wil niet dat iemand jullie ziet. Soms zijn daar wat rare trucs voor nodig.'

In de trein naar Arnhem wisselden ze geen woord. Cas keek naar buiten en negeerde zijn reisgenoot volkomen. Die leek daar niet onder te lijden, legde zijn voeten op de bank tegenover hen en sloot zijn ogen. Bij de uitgang van het station in Arnhem keek Kees even om zich heen en wees toen op een geparkeerde auto.

'De man die je wil spreken, zit in die auto.'

Cas voelde de spanning meteen opkomen. Het geheimzinnige gedoe had zijn uitwerking. Nu kwam het erop aan. Hij haalde een paar keer diep adem en liep zonder nog iets tegen Kees te zeggen rustig naar de auto. De deur zwaaide meteen open. Achter het stuur zat een gebruinde man met een kaal hoofd die hem aandachtig opnam.

Cas stapte in zonder iets te laten merken van de aarzeling die hij voelde. 'Je wilde mij spreken,' zei hij.

De man startte de auto en reed weg.

'Waar gaan we heen?' vroeg Cas.

'Naar een rustige plek, jongeman.'

'Moet het echt allemaal zo geheimzinnig?'

De man keek even opzij. 'Ja, dat moet. Er zijn nogal wat mensen die me in de gaten houden.'

Cas zweeg en keek naar buiten. Winkelende mensen vulden de straten van Arnhem. In hun keurige levens pasten geen complotten en geheimzinnige bijeenkomsten. Het weekend werd gevierd.

Ze reden de stad uit, in de richting van Nijmegen. Bij een benzinestation reed de kale man een parkeerplaats op. Op deze koude najaarsdag waren ze de enigen. De man zette de auto stil voor een houten picknicktafel met twee banken en stapte uit. Cas volgde hem automatisch. Ze namen tegenover elkaar plaats en keken elkaar even zwijgend aan. Een gure wind maakte de situatie nog onaangenamer. De man tegenover Cas leed er niet onder. Hij leek volkomen op zijn gemak en had geen last van de kou. De blauwe ogen verraadden geen enkele emotie. Cas rilde onwillekeurig. Hij voelde zijn schouders optrekken van de spanning, maar weigerde zijn ogen neer te slaan.

'Ja, ik wilde je spreken,' zei de man ten slotte. 'Ik heet Geert trouwens. We hebben gelezen wat je op onze website schreef en wilden je wel eens van dichtbij zien.'

'En, bevalt het?' vroeg Cas schamper.

'We zijn op zoek naar jonge mensen die bereid zijn iets te doen voor hun overtuiging,' zei Geert onbewogen. 'Meestal valt het tegen, maar je weet maar nooit.'

'Je hebt het steeds over "we"', zei Cas.

'"We" zijn mensen die het goed voor hebben met Nederland. Beter kan ik het niet samenvatten. Meer hoef je ook niet te weten.'

'Dat maak ik zelf wel uit,' zei Cas. 'Wanneer ik op een zaterdagmorgen van hot naar her word gesleept, wil ik wel degelijk weten met wie ik van doen heb.'

'Je bent nogal een opgewonden standje,' zei Geert. Voor het eerst lag er iets van een glimlach om zijn mond.

'Nou? Namens wie spreek je?'

'Ik spreek alleen namens mezelf. Er zijn gelukkig nog veel verstandige mensen in ons land. Sommigen zitten in het parlement, anderen zijn lid van een organisatie en weer anderen, zoals ik, horen officieel nergens bij, maar doen wat er gedaan moet worden.' Terwijl hij sprak volgde Geert met zijn ogen een auto die iets verderop parkeerde. Pas toen een bejaard echtpaar moeizaam uit de auto was gestapt en gearmd naar het tankstation liep, vestigde hij zijn blik weer op Cas.

'Wat moet er gedaan worden dan?'

'Rustig aan, zover zijn we nog niet. Vertel me eerst maar eens waarom je opeens opdook op ons forum.'

'Is dit een toelatingsexamen?'

Geert lachte. 'Zie ik er soms uit als een leraar?'

'Nu je het zegt,' zei Cas. Hij probeerde in de aanval te blijven, maar de man gaf geen krimp. Ze tastten elkaar af en geen van beiden wilde als eerste open kaart spelen. Op deze manier kon het een lang gesprek worden en daar was hij te ongeduldig voor. 'Ik ben uit woede op zoek gegaan naar geloofsgenoten. Volgens mij gaat ons land onder onze ogen naar de knoppen en niemand steekt een poot uit.' Ondanks de zenuwen klonk zijn stem boos. 'Je ziet toch om je heen dat Nederland onherkenbaar verandert. Hoe lang duurt het nog voor moslims de macht hier overnemen? En intussen iedereen maar op zijn woorden passen. Bang om onze gekleurde landgenoten te kwetsen. En die lachen ons gewoon uit.'

Geert knikte instemmend. 'Wat wil je daaraan doen?'

Nu was het Cas die zijn schouders ophaalde. 'Wist ik het maar. Wat ik wel zeker weet is dat ik een blank, veilig en welvarend Nederland wil. Hoe dat moet? Zeg jij het maar.'

'Op de website sprak je nogal dreigende taal.'

'Daar neem ik ook niets van terug. Als daarmee het doel bereikt wordt, vind ik alles best.'

'Alles?'

'Absoluut.'

'We zullen zien,' zei Geert. Hij stond op. 'Je hebt intussen waarschijnlijk gehoord van onze boodschap?'

Juist, dacht Cas. Ik heb me dus niet vergist. 'Niet dat ik onder de indruk ben. Als ik het over actie heb, bedoel ik het echte werk.'

Kops knikte. 'Het was ook maar een afleidingsmanoeuvre,' zei hij. 'Het echte werk moet nog komen. Morgenvroeg om 11 uur moet je het nummer bellen dat je kent. Je hoort dan meer.'

Cas begreep dat verdere vragen op dit moment geen nut hadden. Hij volgde Geert en stapte weer in de auto. Zonder iets te zeggen reden ze naar Arnhem terug.

Geert stopte op de plek waar ze vertrokken waren. 'Hoe heet je eigenlijk?' vroeg hij toen Cas uitstapte.

'Dat weet je toch,' zei Cas. 'White Ruler.' Hij gooide de deur dicht en liep naar de ingang van het station. Nu de spanning wegviel, tintelde hij van opwinding. Het was goed gegaan. Hij had zijn rol goed gespeeld.

Wat hij niet merkte, was dat een man met kort donkerblond haar hem op een afstand volgde en in dezelfde trein stapte. Bij het instappen botste de man tegen een vrouw die met twee grote boodschappentassen een plaats zocht. 'Entschuldige,' zei hij beleefd.

<h1 style="text-align:center">7</h1>

'Het is toch niet te geloven,' zei Pieters. Er was maar weinig over van de rustige ambtenaar die hij normaal was. Zijn ogen spoten vuur. 'Het hele Haagse politiekorps en een team van de AIVD is niet in staat om Kops in de gaten te houden. Hoe heeft hij in vredesnaam aan zijn achtervolgers kunnen ontsnappen?'

Hans Heinen en Van der Eijk keken alletwee geïnteresseerd naar de muur achter hun woedende baas. Zwijgen was het beste dat ze in deze situatie konden doen. Kops was na zijn ondervraging keurig thuis afgezet. Twee collega's hadden de opdracht gekregen hem geen moment uit het oog te verliezen. Even na zessen volgden ze hem dan ook naar een restaurant. Kops was zelfs zo vriendelijk geweest een tafel bij het raam te nemen. Hij had in zijn eentje een vegetarische maaltijd genuttigd en de krant gelezen. Na het afrekenen was hij naar de toiletten verdwenen. Toen hij een half uur later nog niet verschenen was, had een van zijn volgers een kijkje genomen. Kops was in geen velden of wegen te bekennen geweest. Het restaurant bleek ook een achteruitgang te hebben.

Pieters begreep dat hij geen antwoord hoefde te verwachten en dat maakte hem zo mogelijk nog bozer. 'Geen wonder dat een politieman op klaarlichte dag door dat tuig vermoord kan worden. Die stommeling zat waarschijnlijk ook te slapen.'

Cor kon maar net voorkomen naar zijn baas uit te vallen. Hij kneep zo hard in de stoelleuning dat zijn knokkels wit werden.

'Uit alles wat ik gehoord heb, blijkt dat collega Driessen een voorbeeldige politieman was,' zei Hans Heinen rustig. 'Ik vind het stijlloos dat u zo over hem praat. Hij verdient beter.'

Cor keek verbaasd opzij en stelde zijn mening over Heinen opnieuw bij. Die heeft meer lef dan ik, realiseerde hij zich.

Kennelijk was Pieters even verbaasd, want hij onderbrak zijn tirade een paar seconden. Hij wierp Hans Heinen een vernietigende blik toe. 'Kijk, dat is nu juist het probleem,' zei hij. 'Jullie zijn te soft. De mensen waar wij mee van doen hebben zijn meedogenloos en zo lang wij hen niet op dezelfde manier aanpakken, zullen we blijven falen.'

'Alles goed en wel,' zei Hans Heinen, 'maar ik weiger me te verlagen tot hun niveau, of u dat nu leuk vindt of niet.'

'Het enige dat mij interesseert is dat we resultaten boeken,' zei Pieters. 'En vooralsnog lopen we steeds dagen achter op de ontwikkelingen.'

'Niet helemaal,' zei Hans. Hij legde twee foto's op Pieters' bureau. De ene was door Driessen genomen van de drie mannen in het Scheveningse café. De andere was zo te zien een politiefoto. 'Het gezicht van een van die drie mannen kwam me bekend voor uit de dossiers, maar ik kon het eerst niet thuis brengen. Tot ik me realiseerde dat onze vrienden zo nu en dan hun uiterlijk veranderen. Ik heb bij onze Duitse collega's een foto van Heinrich Platt opgevraagd.'

Pieters bekeek de foto's en knikte. 'Juist, Heinrich Platt is dus nog in het land en heeft contact met Kops.'

Als hij nu gaat zeggen dat zijn neus hem weer eens niet bedrogen heeft, vermoord ik hem, dacht Cor.

'Het probleem is natuurlijk dat we net zo weinig weten waar Platt is als waar Kops is,' zei Pieters. 'Ik wil weten wat die twee uitvreten voor het te laat is.' Hij maakte een handbeweging naar de deur. 'Wat zitten jullie hier nog? Zoek uit waar ze zijn en wat ze van plan zijn.'

Het bungalowpark op de Veluwe was zo goed als leeg. Na de herfstvakantie brak altijd een rustige tijd aan. De eigenaar was dan ook blij met de vier mannen die voor twee weken geboekt hadden. Verkopers die een cursus volgden in de buurt. Hij zou weinig last van ze hebben, want ze waren het grootste deel van de dag weg. En nee, het maakte hen niet uit dat ze in een uithoek van het park zaten, in bungalow 187. Ze zouden toch geen gebruik maken van het restaurant. Eten was bij de cursus inbegrepen.

Kops was samen met Heinrich Platt binnengekomen in de bewuste bungalow en had meteen de gordijnen gesloten. 'Ik heb White Ruler gesproken,' zei hij.

'Ik ook,' zei Kees. 'Wat een verwaand stuk vreten. Dat jong was te beroerd om een woord tegen me te zeggen.'

'Zo kun je het ook bekijken,' zei Kops. 'Ik heb het idee dat we die jongen goed kunnen gebruiken. Hij is slim, voor de duvel niet bang en wat nog het belangrijkste is: hij is nieuw. Hij staat op geen enkele foto en niemand kan hem met ons in verband brengen.'

'Dat is precies de persoon waar we nood aan hebben,' zei de vierde man in het gezelschap. 'Hij voldoet aan alle voorwaarden en vermits we jong bloed zoeken…'

Kops knikte. 'Heinrich heeft White Ruler gevolgd. Hij woont in Nijmegen en ook onze mensen daar kennen hem niet. De AIVD heeft geen enkele aanleiding om hem in de gaten te houden.'

'Hij wordt dus onze koerier op 2 november,' concludeerde Kees.

'Ja,' zei Kops. 'Als ik me niet vergis is hij de juiste persoon. Hij zal het wapen afleveren op de tijd en de plek die we kiezen. Worden wij voor die tijd staande gehouden, is er niets aan de hand.'

'Ik weet het niet zeker,' zei Heinrich. 'Ik bedoel, we hebben geen garantie dat de jongen te vertrouwen is. Kees denkt heel anders over hem dan jij.'

Geert fronste zijn wenkbrauwen. 'Ik ben minder naïef dan

je denkt. Binnenkort laten we hem een pakje vervoeren en kijken dan wat er gebeurt. Komt het pakje aan? Heeft hij het opengemaakt? Dat soort dingen. Beschouw het als een soort toelatingsexamen. Ik heb trouwens veel ervaring met mensen van deze leeftijd. Geloof mij nu maar, White Ruler is te vertrouwen.'

'Mijnheer Kuipers heeft gebeld,' zei Cas' vader. 'Of je ziek was?'

Cas was voorbereid. Op zaterdag werkte hij bij de AH, maar vandaag had hij belangrijker dingen moeten doen. Hij deed alsof hij verbaasd was. 'Heeft dat mens de boodschap weer niet doorgegeven,' zei hij. 'Ik heb gisteren gebeld om te zeggen dat ik niet kwam. Over twee weken moet ik mijn profielwerkstuk inleveren en het is nog lang niet klaar. Ik heb er de hele dag aan gewerkt. Wat eten we trouwens? Ik rammel.'

Hij wachtte niet op het antwoord en liep de woonkamer binnen. Zijn moeder zat verborgen achter de krant. Op de voorpagina werd met grote letters gemeld dat een Haagse politieman in koelen bloede was vermoord. 'Hoi, mam. Leuke dag gehad?'

Ze liet haar krant even zakken. 'Dag kale zoon van me,' zei ze.

Cas rende naar boven en liet zich languit op zijn bed vallen. Pas nu hij weer thuis was, voelde hij zich veilig. Die Geert was de engste man die hij ooit ontmoet had. Het nummer van Lisa stond onder sneltoets 1.

'Met Lisa.'

'Hoi, met mij. Wil je echt uitgaan vanavond?

'Niet per se. Waarom?'

'Ik wil een rustige avond met z'n tweeën.'

'Is er iets?'

'Nee hoor. Ik ben gewoon een beetje moe en heb geen zin aan veel mensen om me heen. Ik wil me veilig voelen bij iemand die ik vertrouw.'

'En dat ben ik?'

'Geen grapjes, alsjeblieft. Ik meen het.'

'Kom maar naar mij. Mijn ouders hebben een etentje vanavond, dus we hebben het huis voor ons alleen. Breng je een film mee?'

'Doe ik. Tot zo.'

Pieters' tirade had meer effect dan hij zelf voor mogelijk had gehouden. Van der Eijk en Heinen trommelden na het bezoek aan hun baas alle dienstdoende mensen bij elkaar en scholden hen de huid vol. Niet alleen hadden twee van hen die vermaledijde Kops laten ontsnappen, ook de anderen waren niet met enig nieuws op de proppen gekomen. Dat moest veranderen. Het werd tijd dat zij erachter kwamen wat Kops en de zijnen van plan waren. En wel nu!

De aangesprokenen namen de fakkel over. Zij belden hun contactpersonen bij de lokale politiekorpsen en fulmineerden op hun manier tegen wachtcommandanten ter plekke. De foto van Kops met zijn twee kornuiten werd rondgestuurd. Voor de duidelijkheid was daar een recente foto van Kops en de Duitse politiefoto aan toegevoegd. Of dat iedereen maar wilde uitkijken waar die drie mannen uithingen. Ze moesten toch ergens overnachten. Ga maar met de foto's langs alle hotels was de opdracht. De AIVD wilde informatie. En wel nu!

Twee uur later werd het eerste succes gemeld. Een agent in opleiding uit Den Bosch was met een lang gezicht alle hotels in de stad nagelopen. De kans op succes leek gering en dit was niet wat hij zich had voorgesteld van een leven als politieman. Zijn humeur verbeterde meteen toen de eigenaar van een klein hotel Platt herkende. Ja, die man had een kamer voor een nacht gehuurd. Rare man trouwens. Toen hij aankwam had hij halflang rood haar gehad en toen hij vertrok was het haar kort en donkerblond. Nu ja, hij keek van niets meer op. Als je al zolang in het vak zat, had je alles wel gezien.

'Kijk,' zei Van der Eijk. 'Als we dat twee dagen eerder hadden geweten, zou die meneer Platt in Scheveningen niet zomaar hebben kunnen wegrijden.'

Hans Heinen knikte somber. 'Misschien had Driessen dan nog geleefd.'

Cor pakte zijn spullen bij elkaar. Hij was te onrustig om op verder nieuws te zitten wachten. 'Ik ga eens met die Kees praten,' zei hij. 'Dat schijnt een vast maatje van Kops te zijn.'

Lisa had verbaasd gereageerd toen Cas haar de film overhandigde. Normaal gesproken koos hij een actiefilm, maar dit keer was het een romantische komedie. Een film die hij anders denigrerend een meidenfilm noemde. Het was niet de enige verrassing. Toen ze samen op de bank zaten, schopte Cas zijn schoenen uit en legde hij zijn hoofd in haar schoot. Ze keken zwijgend naar het stel dat bij het begin van de film ontdekte dat ze voor elkaar gemaakt waren, vervolgens door een misverstand grote ruzie kregen en uiteindelijk heel voorspelbaar weer bij elkaar kwamen.

Dat laatste had Cas overigens niet meer meegekregen. Na een half uur had Lisa aan zijn ademhaling gemerkt dat hij in slaap was gevallen. De film kon ze volgen met een kwart van haar hersens. De rest maakte zich zorgen over Cas. Dat er iets aan de hand was, stond voor haar vast. Maar ze wist ook dat ze pas zou horen wat, als Cas er zelf aan toe was. Toen de film afgelopen was, deed ze de tv uit en bleef rustig zitten. Wat maakte haar vriendje toch zo van streek? Ze streelde zachtjes over zijn hoofd en voelde dat de haren weer een weg naar buiten zochten.

8

Zondag was voetbaldag. Zeker als ze uit speelden was Cas van 11 tot 17 uur niet bereikbaar voor Lisa of zijn ouders. Lisa was een keer meegegaan en had na afloop alleen commentaar gegeven op de smakelijk ogende voorstopper van de tegenstander. Voor Cas was dat reden haar voortaan maar thuis te laten. Dat kwam vandaag goed uit. Niet dat hij speelde. Hij had de trainer laten weten dat hij een griepje had.

Klokslag 11 uur zat hij op een bankje in het Kronenburgerpark en belde hij het nummer dat hij intussen uit zijn hoofd kende.

'Met Geert.' De stem klonk zowaar niet onvriendelijk.

'Zeg het maar,' zei Cas. 'Ben ik geslaagd?'

Geert negeerde de vraag. 'Je kunt ons vandaag helpen. We hebben iemand nodig die een pakketje bezorgt in Amsterdam.'

'Hallo zeg. Hoe moet ik uitleggen dat ik de hele dag weg ben?' Cas wilde alleen maar tijd winnen om zijn gedachten op een rij te krijgen. Hij had niet verwacht meteen ingezet te worden.

Geert zuchtte hoorbaar. 'Luister, je hebt je diensten aangeboden. Als je meteen de eerste keer met smoesjes komt, weet ik genoeg. Wil je dit nummer niet meer bellen?'

'Ho, niet zo snel,' zei Cas. 'Ik zei alleen dat het moeilijk is. Maar goed, ik verzin wel iets.'

'Neem de intercity naar Amsterdam van 11.40 uur,' zei Geert. 'Ga in het achterste rijtuig zitten. In Arnhem stapt Kees even in om je een pakketje te overhandigen. Je herinnert je Kees nog?'

'Zeker. Hij heeft een verpletterende indruk op me gemaakt,' zei Cas.

'Kees stapt meteen weer uit. Jij hoeft alleen maar naar Amsterdam te reizen. Wanneer je daar bent loop je het Damrak af, aan de rechterkant. Voor je de Dam bereikt zal iemand je aanspreken die mijn naam noemt. Je geeft hem het pakje en je kunt terugreizen naar Nijmegen. Met een beetje geluk ben je voor vier uur weer thuis. Duidelijk?'

'Zo moeilijk is het niet. Wat zit er in het pakje?'

Geert zweeg even. 'Je begrijpt best dat ik dat niet kan zeggen. We proberen alle onderdelen van een actie onafhankelijk van elkaar uit te voeren. Alle betrokkenen weten alleen wat ze per se moeten weten.'

'Hoe weet ik dan dat dit niet een of ander misdadig plan is?' vroeg Cas. 'Voor de goede zaak doe ik wat nodig is, maar…'

'Vertrouwen is een mooie zaak,' onderbrak Geert hem. 'Ik verzeker je dat je tevreden zou zijn als je wist waar het om gaat.'

'Nog een ding,' zei Cas. 'Hoe weet die man in Amsterdam dat ik degene ben die het pakje brengt?'

'Omdat iemand je gisteren gevolgd heeft tot in de Bisonstraat in Nijmegen en een foto van je heeft gemaakt. Bel me morgen om dezelfde tijd weer.'

De verbinding werd abrupt verbroken. Cas staarde ongelovig naar het mobieltje in zijn hand. De ploert wist waar hij woonde! En hij gisteren maar denken dat hij het allemaal heel slim had aangepakt. Intussen was hij gevolgd zonder er iets van te merken. Hij keek automatisch om zich heen, maar zag alleen spelende kinderen. Voor het eerst sinds hij aan deze zaak was begonnen had hij het gevoel de teugels niet meer in handen te hebben. Het klamme zweet stond in zijn handen. Hij was geen anonieme persoon meer die zichzelf getooid had met de naam White Ruler. Ze wisten waar ze hem konden vinden als het nodig was.

Sinds de moord op Driessen was Cor van der Eijk een man met een missie. Dat het zondagmorgen 8 uur was weerhield hem er niet van bij Kees aan te bellen. Pieters wilde resultaten en al was de man een eikel, dit keer had hij gelijk.

Cor moest drie keer bellen voor er geluiden in het huis klonken. De vrouw die in ochtendjas de deur opendeed, keek hem onvriendelijk aan. Ze kwam zo te zien pas uit haar bed. 'Ja?' vroeg ze terwijl ze haar haren naar achteren streek.

'Van der Eijk is mijn naam,' zei Cor vriendelijk lachend. 'Ik wilde Kees even spreken.'

'Kees is er niet,' zei de vrouw stuurs.

Cor deed een stap naar voren. 'Ik heb de tijd. Ik wacht wel tot hij terugkomt.'

'Dat had je gedacht,' zei de vrouw. 'Ik verwacht hem de komende dagen niet thuis.'

'Maar u heeft vast wel even tijd voor me,' zei Cor terwijl hij zijn pasje voor haar neus hield.

'AIVD? Wat moet de AIVD met mij bespreken dan?'

Cor stapte parmantig langs haar heen. 'U heeft toch niets te verbergen?'

'Nee, natuurlijk niet,' zei de vrouw en sloot de deur weer.

Mooi, dacht Cor, ze laat me binnen. Als ze dat niet had gedaan, had hij geen poot om op te staan. Hij liep door de openstaande deur de woonkamer binnen. Zijn oog viel meteen op een computer die er als nieuw uitzag. Op de salontafel lag een stapel boeken. Veel geschiedenis, zag Cor, en boven op de stapel een biografie van Mussert. Hij plofte in een veelgebruikte stoel.

'Ja, ga vooral zitten,' zei de vrouw. Zelf bleef ze staan en keek haar bezoeker uitdagend aan. 'Wat moet u eigenlijk van Kees?'

'Tja, weet u, dat kan ik helaas alleen aan Kees vertellen. Waar is hij trouwens?'

'Op zakenreis.'

'Wat voor zaken doet Kees dan?' Cor was de vriendelijkheid zelf.

'Dat gaat u geen barst aan,' zei de vrouw en wees naar de deur. 'Ik heb trouwens helemaal geen zin in dit gesprek. U moest maar weer eens gaan. Kom maar terug als Kees er is.'

Cor stond braaf op en overhandigde haar zijn visitekaartje. 'Wilt u Kees vragen mij te bellen als u hem weer ziet?'

De vrouw knikte alleen maar, stopte het kaartje in een zak van haar ochtendjas en liep naar de voordeur.

'Sorry voor de storing,' zei Cor. 'Fijne zondag nog verder.'

Als antwoord werd de deur achter hem dichtgegooid.

Op weg naar zijn auto pakte Cor zijn telefoon. 'Kersten? Met Van der Eijk. Heb je de machtiging voor een telefoontap? Mooi. Ik verwacht dat mevrouw binnen een paar minuten naar Kees zal bellen.'

Dit weekend had Hans Heinen eigenlijk geen dienst. Dat hij toch op zijn werkplek zat, had niet eens te maken met de tirade van zijn baas. De moord in Den Haag liet hem niet los en de aanwezigheid van een aantal buitenlandse gasten van Kops maakte het er niet beter op. Hij was al om zeven uur wakker geworden en had tegen achten besloten dat het geen zin had thuis de onrust te negeren.

Voor hem lagen de dagrapporten van Duitse en Belgische collega's van de afgelopen maand. Als er zoiets als een gezamenlijke actie voorbereid werd, zouden er toch ook in die landen signalen opgevangen moeten zijn? Voor de derde keer bladerde hij door aantekeningen van de Belgische veiligheidsdienst. Het grootste deel kon hij overslaan. Alleen als de rechtse beweging in beeld kwam, nam hij de informatie werkelijk in zich op. Met afgunst constateerde hij dat een Belgische politieman zich een vertrouwenspositie had weten te verwerven bij Kops' vrienden in Antwerpen. Zoiets vergde maanden, zo niet jaren van rustig voorbereiden en kostte dus handen vol geld. Nederlandse politici waren daar te zuinig voor. De angst voor verwikkelingen met undercoveragenten woog misschien nog zwaarder. Hoe dan ook, Heinen en de zijnen hadden geen ogen en oren binnen de beweging die ze in de gaten moesten houden.

De Belgische infiltrant meldde sinds half september meer dan gewone activiteit bij de mensen aan de top. En ook hem viel op dat er vaak telefonisch contact was met Nederland en Duitsland. Wat er precies gepland werd, wist hij niet. Daarvoor zat hij niet hoog genoeg in de hiërarchie. Voor wat het waard was noteerde hij dat de datum van 2 november nogal eens viel in gesprekken. Daarbij werd dan veelbetekenend gekeken. Hans Heinen schoot overeind. Hij pakte er het Duitse dossier bij en zocht gehaast naar een aantekening die hem bij eerste lezing niet van belang had geleken. Daar was het. Op 14 oktober waren er in Kassel, Düsseldorf, Berlijn en nog een tiental kleinere plaatsen op hetzelfde tijdstip invallen gedaan in lokale kantoren van neonazistische groeperingen.

De kantoren, vaak niet meer dan een rommelkamer op zolder, werden zorgvuldig uitgekamd en de uitvoerige rapporten vermeldden alles wat er werd aangetroffen. In vijf gevallen werd melding gemaakt van een wandkalender waarop de datum 2 november met een rode stift was omcirkeld. In Berlijn stond er zelfs een uitroepteken bij. Hans knikte in zichzelf. Hij schoof zijn stoel achteruit, vouwde zijn handen achter zijn hoofd en keek diep in gedachten naar het plafond. Wat was er toch met die datum?

'Ja?' Kees had de slaapplaats op de bank in de woonkamer toegewezen gekregen. Het was nog vroeg. Alleen Kops was al wakker. Hij had in sportkleding een banaan gegeten en was na wat rekoefeningen de deur uitgegaan. Kees had even verstoord opgekeken en toen de deken over zijn hoofd getrokken. De andere twee hadden een eigen kamer en begrepen gelukkig wel dat een mens zijn rust nodig had.

'Met mij.'

Kees schrok zichtbaar en gooide de deken van zich af. 'Jezus, Linda, je weet dat je me niet mag bellen.'

'Zeur niet, Kees. Ik heb zonet bezoek gehad van een politieman die erg in jou geïnteresseerd was.'

'Je hebt toch niet gezegd waar ik ben?'

'Waar zie je me voor aan? Trouwens, ik weet niet eens precies waar je uithangt. Die geheimzinnigdoenerij is wel wat overdreven.'

'Wacht maar af, dan zul je nog eens zien hoe belangrijk het is geheimzinnig te doen. Over een paar dagen praat heel Nederland over ons.' Kees zocht tussen de rotzooi op het tafeltje naar zijn sigaretten. 'Hoe heette de man die me zocht?'

'Goh, daar vraag je me wat. Hij heeft het wel gezegd, Vereiken of zo. In elk geval zei hij dat hij van de AIVD was. Ik dacht dat je dat wel wilde weten.'

Kees gaapte. 'Ja, het is goed dat ik dat weet, dan kan ik er bij mijn verdere planning rekening mee houden,' zei hij gewichtig.

Linda vond dat het zakelijk deel van het gesprek lang genoeg had geduurd. 'Het is wel stil hier, zo zonder jou. Duurt het nog lang?'

'Twee november wordt de grote dag. Daarna kom ik snel naar huis.'

'Maar wat doe je nu de hele dag?' Linda klonk ronduit klagerig. De goede zaak kon haar gestolen worden, zo te horen.

'Nou, denk maar niet dat ik luier hier. Ik moet om even over half twaalf al in Arnhem zijn, op het station en...'

'Met wie praat je daar?' Kops gooide de deur met een klap in het slot. Zijn trainingspak was nat van de inspanning en het zweet liep in straaltjes langs zijn gezicht. Hij keek Kees woedend aan.

'Maak je niet zo dik, man. Het is Linda maar.'

Kops rukte het toestel uit Kees' hand en beëindigde het gesprek onmiddellijk. 'Rund dat je bent. We zouden met niemand contact hebben. Je weet dat de hele Nederlandse politie op zoek is naar de moordenaar van die lastpost in Den Haag. Reken maar dat Linda in de gaten wordt gehouden. Misschien wordt haar telefoon wel afgeluisterd. Je hebt toch niet gezegd waar we zijn?'

'Waar zie je me voor aan?' vroeg Kees verongelijkt. Hij vond het beter om Kops niet lastig te vallen met het verhaal over de politieman die Linda die ochtend had bezocht. Geert had al genoeg aan zijn hoofd. Hij stond op. 'Wil je ook koffie?'

Geert Kops zag er nog steeds uit alsof hij elk moment kon ontploffen, maar knikte toch.

Kees ging tevreden met de koffiespullen in de weer. Hij moest beter oppassen. Eens zou Geerts geduld op zijn. Dat Kees indertijd met een paar vrienden uit de beweging een eind had gemaakt aan de intimidaties van die Marokkaanse schoffies, had Geert tot een trouwe vriend gemaakt. Maar ook aan dankbaarheid kan een einde komen. Hij zou de komende tijd beter op zijn tellen passen.

Cor keek stomverbaasd naar Hans Heinen. Zijn stijve collega had een vreugdedansje gemaakt rond zijn stoel en deelde nu *high fives* uit aan de mensen naast hem. Het was goed dat er leven in de man bleek te zitten, dacht Cor, maar het zag er niet uit in dat deftige pak van hem. 'Zeg, ik wil de feestvreugde niet bederven, maar loop je niet te hard van stapel?' vroeg hij.

Nu was het Hans' beurt om verbaasd te kijken. Hij ging weer zitten en wees naar het apparaat op tafel dat zonet het telefoongesprek tussen Linda en Kees had afgespeeld. 'Je hebt toch wel geluisterd,' zei hij, een beetje gepikeerd. 'Op dit moment zijn vier van onze mensen op weg naar het station in Arnhem. Reken maar dat ze de foto van onze Kees goed bestudeerd hebben. Die raken we niet meer kwijt.' Het enthousiasme was terug in zijn ogen. 'En dus brengt hij ons keurig naar zijn vriendjes. Dan kunnen we de hele zaak in een keer oppakken.'

Van der Eijk schudde ongeduldig zijn hoofd. 'Op grond waarvan? Zweetvoeten? Bij mijn weten hebben de heren nog niets gedaan dat niet mag. Als we ze nu oppakken, maken hun advocaten gehakt van ons. Ze zouden binnen een paar dagen weer op straat staan.'

Er kwam geen reactie meer. Hans zag in dat Van der Eijk gelijk had en keek teleurgesteld voor zich uit.

'Het goede nieuws,' zei Cor, 'is dat we de heren goed in de gaten kunnen houden en ingrijpen als ze wel iets doen dat niet door de beugel kan. Ik moet je nog feliciteren trouwens. Het gesprek bevestigt jouw vermoeden dat er op 2 november iets te gebeuren staat. Ik vraag me af waarom die datum in Nederland, België én Duitsland tegelijkertijd voor zoveel opwinding zorgt.'

9

Zouden de zweetdruppels op Kees' gezicht van de spanning zijn, of had hij gerend om de trein te halen? In elk geval had hij liever met een pilsje in een luie stoel gezeten. Hij wierp Cas een verwijtende blik toe, overhandigde hem een pakje en verdween weer. Cas keek onwillekeurig om zich heen en zag alleen mensen die volstrekt niet geïnteresseerd waren in een jongen die een pakje vasthield alsof er een bom in zat. Hij schoof het ding in zijn rugzak en vond een plaats naast een man die de sudoku in de weekendkrant invulde. Een half uur lang vocht Cas tegen zijn fantasie die met steeds wildere voorstellingen kwam over wat er zich in zijn rugzak bevond. Ter hoogte van Utrecht meende hij zelfs het getik van een wekker te horen. De man naast hem was in slaap gesukkeld na het oplossen van de puzzel, en schrok wakker van Cas' vloek. Cas keek quasi-onverstoorbaar naar buiten en probeerde aan Lisa te denken.

De drukte op het stationsplein kwam goed uit. Tussen al die mensen voelde Cas zich anoniem. Wie zou hem hier kunnen volgen? Sneller dan nodig was stapte hij over het Damrak. Het Beursgebouw lag nu aan de linkerkant. Nog een paar honderd meter en hij zou op de Dam zijn. De tik op zijn schouder had het effect van een kanonschot. Cas bleef abrupt staan en keek stomverbaasd in Kees' gezicht.

'Gewoon doorlopen,' zei Kees. 'Je trekt de aandacht zo. Mag ik het pakje voor Geert?'

Cas ritste zijn rugzak open en gaf Kees het pakje terug dat hij in Arnhem van dezelfde Kees had gekregen. De man was dus gewoon met Cas' trein meegereisd. Waar diende dit hele circus voor? Toen Cas om uitleg wilde vragen, was Kees alweer verdwenen. Als het erop aankwam kon de man erg snel zijn.

Opeens voelde Cas zich zo moe alsof hij de wedstrijd van vanmiddag wel had gespeeld. Nog voor de intercity naar Nijmegen het station had verlaten, viel hij in een diepe slaap.

Terwijl Cas slapend vervoerd werd van Amsterdam naar Nijmegen, waren Cor van der Eijk en Hans Heinen klaarwakker. Hun collega's op het Arnhemse station hadden Kees inderdaad opgemerkt op het moment dat de man puffend de hoofdingang binnenkwam. Twee van hen volgden hem toen hij in de trein naar Amsterdam stapte. Ze zagen hoe hij een pakje overhandigde aan een bijna kale jongeman die aan zijn gezichtsuitdrukking te zien niet bepaald bevriend was met Kees. Toen Kees meteen daarna weer uitstapte was er even een moment van verwarring bij de volgers. Het elektronisch signaal kondigde al aan dat de deuren zouden sluiten. Een van de twee knikte de ander toe en sprong op het perron. De ander volgde de jongen met het pakje en zocht een zitplaats van waaruit hij hem in de gaten kon houden. Iedereen die met Kees en dus met Kops in verband stond, was belangrijk genoeg om te volgen.

Een derde AIVD'er had het hele tafereel vanachter de kaartenautomaat gefotografeerd. Hij zag Kees weer uitstappen, vlak erna gevolgd door een van zijn collega's. Net voor de deuren van de trein sloten sprongen ze alletwee de trein weer in, een rijtuig verder dan waar ze er uitgestapt waren. De fotograaf haalde zijn mobieltje tevoorschijn en toetste een nummer.

'Mag ik Van der Eijk?' vroeg hij.

De luie zondagmiddagstemming was meteen verdwenen toen Joris Voskamp om twee uur de stem van zijn nieuwe assistente Sanne Lemmens hoorde. Zij was normaal gesproken niet snel van haar stuk te brengen, maar nu klonk haar stem geschokt. Joris zou zelfs hebben gezworen dat ze zichzelf had moeten overwinnen hem te bellen.

'Je moet onmiddellijk naar het bureau komen,' zei ze.

'Sinds wanneer kun jij de zaken niet alleen af?' vroeg Joris. 'Je weet dat Eva boos wordt als ik in mijn vrije tijd werk.'

'Kom nou maar gewoon!' zei ze en legde de hoorn neer voor Joris verder kon vragen. Dit was op het brutale af. Er moest iets ernstigs aan de hand zijn.

Vreemd genoeg wachtte ze hem op in zijn eigen kamer. Normaal gesproken deelden de assistenten een kamer op een andere verdieping.

'Wat was er nou zo dringend?' vroeg Joris geïrriteerd.

Sanne stond voor het raam, haar rug naar hem toegekeerd. Ze wees zonder om te kijken naar het bureau. 'Bekijk die foto's maar eens.'

Joris knipte de lamp aan en zag tot zijn verbazing een aantal foto's waarop Cas te zien was. Een paar opnamen waren in de trein genomen, de meeste in een drukke straat. Tot drie keer toe was er een man te zien die een pakje overhandigde of kreeg van Cas.

Nog voor hij precies wist wat deze foto's betekenden, voelde Joris dat zijn weekend ten einde was. En de man met wie Lisa's vriendje op de foto stond, beviel hem van geen kanten. 'Krijg ik nog uitleg?'

'De foto's zijn twintig minuten geleden door de AIVD aan alle politiekorpsen doorgestuurd.' Sanne stond nog steeds bij het raam, maar had zich nu omgedraaid en keek Joris onzeker aan. Ze aarzelde.

'Ja, en?' Joris maakte een gebaar met zijn hand om haar aan te sporen verder te gaan. De foto's hadden al een onheilspellend gevoel opgeroepen, Sannes houding maakte het er niet beter op. Het werd tijd dat hij te horen kreeg wat er aan de hand was.

Sanne zuchtte. 'De man die met Cas op de foto staat, is

een aanhanger van het Blank Front en een handlanger van een van hun kopstukken, Geert Kops.'

Joris bekeek de foto's nog eens, al was het maar om tijd te winnen. 'Wat moet Cas in vredesnaam met zo iemand?' zei hij ten slotte.

'Dat is precies wat ze bij de AIVD willen weten. Trouwens, ze willen ook iets weten wat wij allang weten. De identiteit van die boos kijkende, kale jongen.'

Joris keek langs zijn assistente door naar de grijze wolken die boven Nijmegen hingen. 'En het pakketje?'

Sanne haalde haar schouders op. 'Stond niets over in het bericht. Wat gaan we doen?' Ze was opgelucht dat ze het slechte nieuws had overgebracht en haar hoofd nog steeds op zijn plaats zat.

Joris pakte resoluut de telefoon, keek in zijn adressenboekje en toetste een nummer. 'Ja, met Joris Voskamp hier. Sorry dat ik stoor, maar is Cas er misschien?'

'...'

'Voetballen? Vanaf hoe laat?'

'...'

'Dank je wel.' Joris legde de telefoon neer en keek naar Sanne. 'Hoe laat is deze foto gemaakt?'

'Om 13.22 uur,' zei Sanne.

'Waar?'

'In Amsterdam.'

Joris zette zijn leesbril op hoewel er niets te lezen viel.

'Volgens zijn ouders speelde Cas op dat moment een voetbalwedstrijd. Hij is dus bezig met iets dat hij verborgen wil houden.'

'Wat gaan we doen?' herhaalde Sanne.

Joris keek op zijn horloge. 'Die foto's zijn een uur geleden genomen! Die mannen van de AIVD zitten er kennelijk bovenop. Daar word ik niet rustiger van. Dit is kennelijk groot.'

'Daarom heb ik je ook meteen gebeld,' zei Sanne.

Joris had zijn bril weer in zijn binnenzak gestopt en sprong op. 'Jij stuurt die lui meteen de gegevens over Cas en vraagt nadere informatie. En alles wat je te weten komt, wil ik meteen weten.'

'Wat ga jij doen?'

'Naar huis, met Lisa praten.'

'Sterkte!'

Joris stopte bij de deur. 'O ja, er moet iemand posten bij het huis van Cas. Als hij thuiskomt, wil ik dat ook meteen weten.'

Sanne knikte. 'Doe ik. Denk je trouwens dat Cas echt iets met die engerds van doen heeft?'

'Weet jij hoe je die foto's anders kunt verklaren?'

Kees kon zich de dag niet herinneren dat hij zo hard had gewerkt. Voor dag en dauw wakker gebeld, helemaal naar Nijmegen gereisd en daarna naar Amsterdam. En dan had hij ook nog twee keer die jongen met zijn arrogante kop moeten aanspreken. Het werd tijd voor een pilsje. Wat heet, voor een paar pilsjes. Dat vooruitzicht lokte zo dat hij alle adviezen van Geert in de wind sloeg. Waarom zou iemand hem volgen? Hij zou gewoon rechtstreeks naar zijn auto lopen. Geert kon de pot op. Kees had dorst en haastte zich het Arnhemse station uit.

Een auto kwam met piepende banden naast hem tot stilstand. De rechterdeur vloog open. De vloek die in Kees opkwam werd vervangen door de verbijstering toen hij in Geerts gezicht keek.

'Instappen, snel.'

'Maar...' Kees wilde op zijn auto wijzen.

'Stap in, idioot.'

Kees had de deur nog niet achter zich dichtgetrokken of Geert drukte het gaspedaal tot op de bodem in en reed met brullende motor weg. Drie straten en twee bloedstollende minuten verder schoot de auto een parkeergarage in. Kees hield zich angstig vast aan de deur terwijl de auto met piepende banden naar de derde verdieping slingerde.

Geert parkeerde naast een busje. 'Kom mee,' snauwde hij.

Kees volgde verbouwereerd. Geert trok de schuifdeur van het busje open en sprong naar binnen. Weer volgde Kees. De bus had geen ramen. Toen de deur weer sloot, zaten ze in het donker. Kees voelde dat de auto langzaam achteruitreed en vervolgens rustig de omgekeerde weg nam die zij zojuist op hoge snelheid genomen hadden.

'Kun je me nu eindelijk vertellen wat er aan de hand is?'

Geert knipte de lamp boven hun hoofd aan en keek Kees grimmig aan. 'Ja, dat kan ik. Tien minuten nadat jij het pakje van onze White Ruler had teruggekregen stond je foto bij elke wachtcommandant in Nederland op het scherm! Reken maar dat je nu ook gevolgd werd. Als we niet hadden ingegrepen, zou je die volgers nu rechtstreeks naar ons huisje hebben gebracht.'

Kees schudde ongelovig zijn hoofd. 'Maar hoe wisten ze waar ik was?'

'Daar heb ik over nagedacht. De enige mogelijkheid is dat jij vanochtend aan Linda hebt verteld waar je heen ging. Is dat zo?'

'Kan zijn, weet ik niet precies meer.' Kees hoopte dat zijn plotselinge kleur niet te zien zou zijn in de schemerige bus.

'Idioot! Dat is de enige verklaring.'

Kees dacht even na. 'Misschien volgden ze die jongen wel,' zei hij.

'Ja, ja,' zei Geert smalend. 'En daarom word jij met naam en toenaam genoemd in het bericht en vragen ze informatie over de identiteit van de jongen.'

'Hoe weet jij trouwens van dat bericht?'

'Denk je nou werkelijk dat er bij de politie geen mensen werken die met ons sympathiseren? Die mensen hebben de hele dag te maken met het gekleurde tuig dat ons land naar de knoppen helpt.' Geert snoof minachtend. 'En je neemt het me hopelijk niet kwalijk dat ik je niet precies vertel wie het is. Je bent nou niet bepaald een betrouwbare partner. De komende dagen verliezen we je geen moment uit het oog. We mogen onze plannen van 2 november niet in gevaar brengen.'

'Denk je nou echt...'

'Ik denk dat ik mijn schuld aan jou zo langzamerhand heb afgelost. Einde gesprek,' zei Kops en knipte het licht boven hun hoofd weer uit.

Kees zag alleen nog de display van een mobiele telefoon oplichten.

'Met Geert. Complimenten. Je hebt goed werk gedaan, maar er is iets fout gegaan...'

Een treinreis slapen had wonderen gedaan. Cas voelde zich als herboren toen hij in Nijmegen uit de trein stapte. Hij had zelfs honger en realiseerde zich toen dat hij na het ontbijt niets meer had gegeten of gedronken. In de rij voor de fritestent ging zijn telefoon. Onbekend nummer, meldde de display.

'Ja?'

'Met Geert. Complimenten. Je hebt goed werk gedaan, maar er is iets fout gegaan.'

'Hoezo fout? Ik heb dat ding toch keurig afgeleverd zoals je had gezegd?' Cas liep snel naar een rustig deel van het perron en ging op een bank zitten.

'Kees heeft geblunderd. Hoe dan ook, de politie is op de hoogte van je bestaan. Er zijn zelfs foto's gemaakt waar je met Kees op staat. Reken maar dat ze intussen precies weten wie die jongeman is. Waarschijnlijk staan er al agenten voor je deur.'

Cas' benen trilden zo dat hij weer ging staan. Hij liep het perron nog verder af en probeerde te bedenken waarom de paniek die hem overvallen had, onnodig was. Hij kon niets verzinnen. Zijn foto bij de politie bekend, agenten voor zijn deur. Zouden ze bij zijn ouders aanbellen? Zijn vader en moeder zouden zich dood schrikken. En... ja, als ze de foto bij de politie hadden, zou Joris waarschijnlijk...

'Ben je d'r nog?'

'Wat moet ik nu doen?' Cas haatte het randje angst rond

zijn stem. Maar wat wil je? Tot nu toe dacht hij zijn plan te kunnen uitvoeren zonder de mensen in zijn omgeving erbij te betrekken. In één dag tijd was alles anders geworden. Nu kende niet alleen Kops, maar ook de politie zijn naam en adres. Hoe moest hij zich uit dit wespennest redden?

'Ik weet het even niet,' zei Kops ernstig. 'Deze hele situatie komt zo onverwacht en ik moest meteen optreden om erger te voorkomen...'

'Je weet het niet?' Cas schreeuwde bijna van pure spanning. 'Ik bied aan jullie te helpen en bij de eerste de beste gelegenheid zit ik tot aan mijn nek in de problemen. Mooie organisatie run jij.'

'Ik begrijp je boosheid, maar je moet me even de tijd geven.' Kops' stem klonk rustig als altijd. 'We laten je natuurlijk niet in de steek. Ik moet even wat zaken regelen en dan bel ik je terug.'

'Dank je wel,' zei Cas. Hij meende het! Die Kops leek op dit moment zowat zijn enige vriend op de wereld. Wie had dat een week geleden kunnen denken? 'Wat moet ik intussen doen?'

In de stilte die volgde, hoorde Cas op de achtergrond het zachte gezoem van een motor, alsof Geert uit een auto belde.

'Ik denk dat je gevolgd wordt. Het is duidelijk dat je contact had met Kees, tot twee keer toe trouwens. Ze hebben zelfs het pakje gezien. Reken maar dat ze wilden weten wie die nieuwe ster aan het firmament is.'

Cas keek meteen om zich heen. 'Ik zie niemand.'

'Nee, vind je het gek? Ga er maar vanuit dat je niet alleen bent. Waar ben je eigenlijk?'

'Op het station. Ik ben net terug.'

'Mooi. Koop een kaartje en ga weer uit Nijmegen weg. Er zijn daar teveel mensen die je kennen. Doet er niet toe waar je heen gaat, als je maar snel bent. Wie weet word je anders daar ter plekke gearresteerd.'

'Hoezo gearresteerd? Heb ik iets verkeerds gedaan dan?'

'Nee hoor, maar de angst voor terroristen zorgt ervoor dat de politie en de AIVD wat makkelijker kunnen optreden als ze zeggen dat de algemene veiligheid gevaar loopt.'

'Goed, ik vertrek zo snel mogelijk weer, maar als er werkelijk iemand op me let, dan word ik toch weer gevolgd.'

'Het zou goed zijn als je je schaduw kunt kwijtraken. In elk geval bel ik je over een uurtje weer.'

Cas dwong zichzelf rustig naar de stationshal te lopen. Hij bekeek even de vertrektijden en kocht toen bij een van de kaartjesautomaten een enkeltje Zwolle. Al die tijd probeerde hij in de ramen van de winkels te zien of iemand hem volgde.

De trein naar Zwolle stond al klaar op perron 3b. Cas liep langs de trein, sprong plotseling een portaal binnen en rende toen in de trein in de richting van waaruit hij gekomen was. Hij zag minstens drie mensen die zijn actie verbaasd bekeken. Geen van drie zag eruit als een politieman. Hij plofte neer in een rustig compartiment en keek even stil naar buiten. Het schemerde al in de trein en de lichten waren aan. Hij zag zijn bleke gezicht weerspiegeld in het raam en veegde de zweetdruppels van zijn voorhoofd. Zijn handen trilden nog zo dat hij vijf minuten nodig had om het eenregelige berichtje in te tikken. Hij had niet alleen zijn plannen niet in de hand, het versturen van een sms'je was al een probleem. Cas zuchtte.

10

Toen Joris Voskamp zijn auto naast het huis had geparkeerd, bleef hij zitten met zijn handen op het stuur en keek hij somber voor zich uit. Hij had gesprekken gevoerd met moordenaars, met nabestaanden van slachtoffers en met lastige superieuren, maar wat hem nu te wachten stond was moeilijker. Zijn dochter Lisa zou over een paar minuten te horen krijgen dat haar vriendje vandaag helemaal niet had gevoetbald. En ze zou te weten komen dat hij zich ophield met mensen die achter ideeën aanliepen die Joris verfoeide. Net toen hij voldoende moed had verzameld om uit te stappen, trof een andere gedachte hem. Stel nu dat Lisa dit allemaal allang wist? En stel nu dat ze die ideeën helemaal niet zo verfoeilijk vond? Joris sloot zijn ogen. Het zou niet de eerste keer zijn dat ouders volkomen verrast werden door de opvattingen van hun kinderen. Had ze niet net als Cas haar haren laten afknippen? Hij stapte uit, sloot de auto en zuchtte diep. Waarom werden ouders niet gewaarschuwd voor dit soort dingen als ze besloten kinderen te krijgen?

Eva lag op de bank. Ze sliep, een boek open op haar buik en haar bril weggezakt op haar neus.

Joris zette de bril recht en gaf haar een kus. 'Je moet wakker worden.'

'Eh…?' Eva kwam gapend overeind. 'Wat is er? Wat kijk je ernstig?'

'Is Lisa thuis?'

'Ja, waarom?'

'Ik moet iets met haar bespreken en ik wil dat jij er bij bent,' zei Joris. Het klonk zo kortaf dat hij er zelf van schrok. Hij had zijn zenuwen niet onder controle vandaag.

Eva was inmiddels klaarwakker. Ze keek haar man bezorgd aan. 'Joris, je maakt me bang. Heeft Lisa iets gedaan?'

Joris schudde ontkennend zijn hoofd. Hij was intussen naar de trap gelopen. 'Lisa,' riep hij. 'Kun je even beneden komen?'

De gebruikelijke roffel op de trap en toen verscheen Lisa's vrolijke gezicht om de deur. 'Hoi. Is het tijd voor thee?' Pas toen zag ze de gezichten van haar ouders. Ze bleef meteen staan. 'Jullie kijken alsof er iemand dood is.'

'Nee,' zei Joris. 'Er is niemand dood, maar er is wel iets waar ik met je over moet praten.'

'De laatste keer dat je dat tegen me zei was ik twaalf en vertelde je me dingen die ik allang wist.' Lisa lachte, waarschijnlijk alleen om de spanning te doorbreken.

Joris herinnerde zich nog hoe opgelaten hij zich toen had gevoeld. En toch niet half zo opgelaten als nu, dacht hij. 'Ga zitten.'

'Zal ik niet eerst thee zetten?'

'Nee, Lisa, ga nou maar gewoon zitten.'

Lisa kroop bij Eva op de bank en schoof haar altijd koude voeten achter haar moeders rug. 'Brand maar los.'

Twee paar vragende ogen keken Joris onderzoekend aan. Hij kuchte. 'Lisa, weet jij waar Cas is op dit moment?'

Lisa keek op haar horloge. 'De wedstrijd zal nu wel afgelopen zijn. Die staat dus waarschijnlijk onder de douche met nog tien andere lekkere jongens.'

'Was het maar waar,' zei Joris. 'Hij heeft vandaag helemaal niet gevoetbald, maar is naar Amsterdam geweest.'

'Amsterdam?' Lisa keek haar vader verbaasd aan. 'Wat moest hij daar dan? Hij heeft er gisteravond niets over gezegd.'

Daar ging Joris' laatste hoop. De kleine mogelijkheid dat er sprake was van een misverstand en dat Lisa dat lachend zou duidelijk maken. Hij zag geen lach op haar gezicht. 'Ik heb een foto waar hij opstaat terwijl...'

'Ho, ho, wacht eens even, meneer de inspecteur.' Eva schoot overeind op de bank en stak een beschuldigende vinger uit naar Joris. 'Wat is dit allemaal? Heb jij Cas laten volgen? Ik bedoel, je leest wel over vaders die moeite hebben met het vriendje van hun dochter, maar hem laten volgen is onacceptabel.'

'Als je niets beters te melden hebt, hou dan je mond, alsjeblieft,' zei Joris boos. 'Je kent me goed genoeg om te weten...'

'Is er iets met Cas, pap?' Lisa vond het niet de tijd voor echtelijk gekibbel.

Op dit soort momenten miste Joris zijn pijp zo erg dat hij de smaak ervan op zijn tong proefde. 'Ja, er is iets met Cas. In elk geval lijkt er iets met Cas te zijn. Nou ja, in elk geval heeft de AIVD een foto van hem rondgestuurd met de vraag wie deze jongen is.' Hij schoof de foto naar Lisa.

'De AIVD?' riep Eva verschrikt. 'Wat moeten die spionnenjagers met Cas? Die moeten toch terroristen vangen en zo.'

'Ik begrijp er helemaal niets van,' zei Lisa zacht. Haar gezichtskleur was twee tinten lichter dan toen ze de kamer was binnengekomen. 'Ga je me nu eindelijk vertellen wat er aan de hand is?'

Joris wist precies hoe hij deze ondervraging zou doen als het vreemden betrof. 'Luister, Lisa, laten we bij het begin beginnen. Ik heb altijd gedacht dat Cas' politieke voorkeur ergens in de buurt van GroenLinks lag. De lange discussies aan tafel wijzen daar duidelijk op. Zie ik dat verkeerd?'

'Nee, maar wat heeft dat met een foto van de AIVD te maken?'

'Er staat nog iemand anders op die foto, iemand die volgens de veiligheidsdienst bij een uiterst gevaarlijke club hoort.'

Lisa bekeek de foto nog een keer. 'Kan dat geen toeval zijn?'

In Lisa's ogen las Joris dat ze dat zelf niet geloofde. 'De man staat met Cas op de foto in Arnhem en anderhalf uur later in Amsterdam,' zei Joris. 'In beide gevallen wordt er een pakketje uitgewisseld. Lijkt me geen toeval dus.'

'Over wat voor "uiterst gevaarlijke club" gaat het eigenlijk?' Eva had beschermend een arm om Lisa geslagen. 'In mijn studententijd heette de AIVD nog de BVD en ik weet uit ervaring dat ze toen regelmatig op spoken jaagden.'

Joris keek haar verstoord aan. 'Ik verzeker je dat het dit keer niet om spoken gaat. We hebben nu niet met jonge idealisten en salonsocialisten van doen, maar met rechts-extremisten die steeds gewelddadiger worden en ook internationaal goed georganiseerd zijn.'

'En daar zou Cas iets mee te maken hebben? Bespottelijk gewoon.'

'Dat was ook mijn eerste gedachte,' zei Joris. 'Maar als je naar de foto's kijkt, ziet het er toch naar uit... En trouwens, je gaat verder denken. Vind je niet dat Cas de laatste weken een merkwaardige gedaanteverwisseling heeft ondergaan? Ik bedoel, wij kennen hem, dus sta je er niet zo bij stil, maar als je hem op straat zou tegenkomen, wat zie je dan? Juist, een kale jongen in van die kleding die past bij racistische jongeren. Het kan best zijn dat Cas onder onze ogen van politieke overtuiging is veranderd. Dat schijnt onder jongeren wel vaker voor te komen.'

Lisa schudde haar hoofd. 'Ik begrijp wat je zegt, maar ik weet zeker dat Cas een gruwelijke afkeer heeft van alles wat met racisme te maken heeft. En geloof me, ik ken hem beter dan jij.'

'Ik hoop dat je gelijk hebt,' zei Joris, en hij meende het. 'Toch verklaart dat niet waarom Cas in zulk vreemd gezelschap gefotografeerd is en waarom die foto's met zoveel spoed op alle politiebureaus in Nederland terecht zijn gekomen. Reken maar dat jouw vriendje stevig aan de tand zal worden gevoeld. Alles wordt er dan bijgesleept. Ik hoorde bijvoorbeeld laatst dat Cas bezig is met een werkstuk over racisten in Nederland. Zou het niet kunnen dat hij al lezende beïnvloed is?'

Voor Lisa kon antwoorden klonk een melodietje uit haar broekzak. Ze haalde snel haar mobieltje tevoorschijn.

'Kan dat niet wachten?' vroeg Joris bars.

'Nee,' zei Lisa. 'Ik hoor dat het een bericht van Cas is.' Ze klapte al pratend het toestel open en drukte op een paar toetsen. Ze las het bericht en hield Joris toen het toestel voor. 'Alsof hij weet waar we over praten!'

JE GELOOFT DIE VERHALEN TOCH NIET? X, CAS, las Joris. Hij schudde zijn hoofd vol onbegrip. De AIVD wist pas sinds een half uurtje dat het om Cas Smits uit Nijmegen ging. Hoe wist die jongen dan nu al dat er verhalen over hem de ronde deden?

Van der Eijk liet niet snel zijn emoties zien. Dit keer wel. Hij gooide woedend een dik dossier door de kamer. Hans Heinen stond bij de deur en liet zijn collega rustig uitrazen. 'Die dingen gebeuren nou eenmaal, meneer Van der Eijk.'

'Ja, praat het nog goed ook,' brieste Cor. 'Hoe kunnen ze nou zo'n minkukel als die Kees kwijtraken? Dat is toch niet bepaald een topspion.'

'Kees heeft wat hulp gekregen. Uit de beschrijving valt af te leiden dat die hulp kwam van Geert Kops himself en die heeft wat meer in zijn mars.'

'Je kunt zeggen wat je wilt, maar we staan gewoon voor aap. En wat erger is, onze kans om dichter bij Kops en zijn buitenlandse maten te komen, is verkeken. Jij mag het zelf tegen Pieters vertellen!'

'Herinnert u zich nog dat ik zei dat ik ook goed nieuws had?'

'Vertel op.'

'We weten wie de jongen is die met Kees op de foto staat,' zei Hans. 'Hij is herkend meteen nadat we de foto's hadden rondgestuurd. Het is een zeventienjarige scholier uit Nijmegen. Ene Cas Smits, verder niets van bekend.'

Van der Eijks hoofd kreeg weer langzaam zijn gewone kleur terwijl hij Hans Heinen nadenkend aankeek. 'Dan hebben we nog een kans. Uiteindelijk zal die jongen ons waarschijnlijk weer naar Kops en co leiden.'

'Gelukkig zijn we hem niet kwijtgeraakt,' zei Hans. 'Hij

zit op dit moment in de trein naar Zwolle.'

'Wat moet hij daar?'

Hans haalde zijn schouders op. 'Dat zullen we snel genoeg weten.'

Zou het die man in wandeloutfit zijn? De schoenen zagen er niet bepaald uit alsof hij net door de Ardennen had gezworven. En trouwens, de rugzak was nagenoeg leeg. Cas probeerde de onrust in zijn hoofd te verdrijven door uit te vinden wie hem volgde. Hij nam iedereen in de coupé een voor een op. Het gekke was dat hij geen moment twijfelde aan de waarschuwing van Geert. Als de politie inderdaad de moeite had genomen om hem tot twee keer toe te fotograferen en als ze die foto's meteen hadden rondgestuurd, dan vonden ze Geert en zijn maten kennelijk heel gevaarlijk. En daarmee was ook Cas gepromoveerd tot de eredivisie van gevaarlijke mensen. Hij was immers een van die maten. Een verwarrend soort trots maakte zich van hem meester.

Nee, de wandelaar was het niet, want hij stapte in Dieren uit, waar hij uitbundig werd begroet door een vrouw en twee kleine kinderen. Het bejaarde echtpaar kon hij ook wel van de lijst schrappen. Zo te zien zouden ze zelfs de grootste moeite hebben een schildpad te volgen. Om de mensen achter hem te zien moest hij naar het toilet. Een vrouw van middelbare leeftijd las een van die dikke boeken die vrouwen van die leeftijd altijd lezen. Nee, geen agent van de veiligheidsdienst, besloot Cas. Tegenover de vrouw zat een keurige man van rond de dertig. Cas noteerde dat hij zijn overjas had aangehouden hoewel de temperatuur in de trein ver boven de twintig graden lag. De man tuurde naar buiten en keek even achteloos op toen Cas passeerde. Leuk geprobeerd, dacht Cas, maar mij hou je niet voor de gek.

Toen de conducteur de kaartjes kwam controleren, vroeg Cas of de trein rechtstreeks naar Zwolle ging. Of hij een omweg prefereerde, vroeg de conducteur. Nee, dacht Cas, maar ik wil dat die meneer daarachter hoort waar ik naartoe ga.

Misschien heeft hij het niet gezien toen ik een kaartje kocht. De trein was inmiddels gestopt en de conducteur opende de deur van het portaal naast hun coupé.

Ze waren inmiddels in Zutphen. Voorzover Cas kon zien, stapte niemand uit. Hij stond op, rekte zich met veel vertoon uit en gaapte luidkeels. Door het raam zag hij hoe de conducteur het perron afkeek en toen weer instapte. Het waarschuwingssignaal klonk. Cas hoorde het sissen van de sluitende deuren. Alleen de deur naast hun coupé bleef open tot de conducteur zijn sleutel weer had omgedraaid. Dit was het moment. Cas stormde langs de vrouw met het dikke boek en zijn volger en passeerde de conducteur net voor de deuren sloten.

'Hé, dit is Zwolle nog niet,' riep de man hem nog gedienstig na.

Cas draaide zich om en glimlachte vriendelijk. De man in overjas keek ongeïnteresseerd langs hem heen. De vrouw tegenover hem had haar boek laten vallen en praatte in haar telefoon terwijl ze Cas verschrikt aankeek. Je kon ook niemand vertrouwen! Met een schok kwam de trein in beweging. Cas keek de trein een tijdje na, tot hij zich realiseerde dat de bellende mevrouw haar collega's zou waarschuwen. Snel liep hij naar de uitgang.

11

Lisa had ondanks alles thee gezet. Thee werkte voor haar nu eenmaal als troost wanneer ze verdriet had, als medicijn bij buikpijn en als champagne bij een feestelijk gevoel. Het getut in de keuken gaf haar bovendien tijd om na te denken. Ze was dus niet gek geweest de afgelopen tijd. Cas broedde wel degelijk iets uit waar hij haar buiten wilde houden. Ze schudde boos haar hoofd. Al dat gepraat over elkaar altijd vertrouwen! Waarom had hij haar niets verteld? Schaamde hij zich voor wat hij deed? Verdomme, haar vaders wantrouwen was ongemerkt binnengeslopen. Cas had evenveel met rechts-extremisme te maken als zij met voetbal. Niets dus. Geen reden tot schaamte. Wilde hij haar beschermen? Maar waartegen dan? Wat ook zijn bedoeling was, ze zat er nu toch middenin en ze had geen idee waarom. Haar Cas een racist, om te gillen.

Bij het aansteken van het theelichtje schoot haar iets te binnen waardoor ze ter plekke bevror. Pas toen de vlam van de lucifer haar vinger bereikte, kwam ze weer in beweging.

'Ik heb zonet iets bedacht dat misschien van belang is,' zei ze, terwijl ze de theespullen op het tafeltje zette.

Joris drong niet aan en wachtte rustig tot ze weer zat met een kop thee in de hand. 'Om mijn dochter te citeren: brand maar los,' zei hij toen.

Lisa nam eerst een slok. 'Je moet me beloven geen verkeerde conclusies te trekken uit wat ik ga vertellen. Het kwam bij me op omdat we het hadden over Cas en racisme. Daar heeft het mee te maken, maar...'

'Ik kan niks beloven,' zei Joris, 'maar je maakt me wel nieuwsgierig.'

'Het was ergens eind mei of begin juni. Weet je nog dat we toen een paar weken echt zomerweer hebben gehad? Nou, Cas en ik waren die middag naar de Bisonbaai gegaan.'

Lisa had het verhaal over het incident met de Marokkaanse jongens met duidelijke tegenzin verteld. In de stilte die nu viel, keek ze somber in de vlam van het theelichtje.

Joris schraapte zijn keel. 'En dat was een paar maanden geleden?'

'Mijn verhaal is nog niet klaar, pap. Op weg naar huis die dag, was Cas heel stil. Ik probeerde hem aan de praat te krijgen. Volgens mij voelde hij zich gekleineerd door die jongens en dacht hij dat hij gezichtsverlies had geleden in mijn ogen. En ik dus maar zeggen hoe verstandig hij de situatie had aangepakt. Voor hetzelfde geld was de zaak volledig geëscaleerd. En welke kans had hij nu in een vechtpartij met drie tegenstanders? Nou, ik had het helemaal verkeerd ingeschat.

"Je begrijpt er niets van," zei Cas uiteindelijk. "Wat zo'n stelletje macho's doet of zegt zal me een zorg zijn. Waar ik echt van geschrokken ben, is van mijn eigen reactie! Opeens hoorde ik mezelf praten over de handtassen van oude dametjes. Het ontbrak er nog maar aan dat ik zei dat ze terugmoesten naar hun eigen land. Ik leek verdomme wel een doorgeslagen aanhanger van Fortuyn of Wilders."

"Nou ja, je werd wel flink geprovoceerd," probeerde ik.

Cas blies van verontwaardiging. "Ja, ik werd geprovoceerd, maar ik reageerde op een heel banale manier. Weet je nog dat Franken ons waarschuwde dat racisme heel dicht onder de oppervlakte zit?"

Franken is onze maatschappijleraar,' legde Lisa nog uit.

'Wat een toestand,' zei Eva. 'Kind, ik ben blij dat je ons dit verteld hebt. Nu voel ik me een stuk rustiger. Ik had het benauwd gekregen van Joris' verhaal. Wat vind jij, Joris?'

'Geen idee,' zei Joris. 'Er is nog te veel dat we niet weten. Wat heeft Cas te zoeken bij die Kees en wat zat er in dat pakketje? Waarom vertelt hij Lisa niet dat hij vandaag niet voetbalt, maar naar Amsterdam gaat? En die kale kop van hem laatst... Stel je nou eens voor dat je Lisa's verhaal hoort en dan alleen de feiten van de afgelopen weken voorgeschoteld krijgt. Je weet dat ik Cas een leuke jongen vind, maar we moeten wel zo objectief mogelijk kijken.'

'Je hebt je al eens in hem vergist,' zei Eva terwijl ze voor Lisa en zichzelf nog een kop thee inschonk.

'Waarom ben ik niet eens verbaasd?' riep Cor van der Eijk. 'Geen wonder dat die politici schamper over onze dienst praten en de kranten ons als imbecielen afschilderen. Zelfs een middelbare scholier is ons te slim af.'

Hans Heinen was de brenger van het slechte nieuws en stond schuldbewust bij de deur. 'Net van zo'n jongen verwacht je toch niet...' probeerde hij.

De beschuldigende vinger van Cor was voldoende om hem de mond te snoeren. 'Als Pieters gelijk heeft, staat ons een aanslag of iets dergelijks te wachten. Voor de verandering denk ik dat hij gelijk heeft. En wat doen wij, wij verliezen op één dag twee mogelijkheden om dat te voorkomen. Dat is wat telt. Iedereen zou op scherp moeten staan, al moeten ze een baby schaduwen. Is dat duidelijk?'

'Ja, meneer,' zei Hans.

Van der Eijk hoorde het niet eens. 'We weten alleen dat er op 2 november iets zal gebeuren en dat Geert Kops en een paar buitenlanders samenspannen. Geen idee wat ze van plan zijn en waarom.'

Hans Heinen kuchte. 'Als er inderdaad 2 november iets gebeurt, begrijp ik wel waarom net die datum is gekozen,' zei hij. 'Het heeft even geduurd voor ik de link legde, maar opeens schoot het me te binnen.'

'Zo, het schoot je dus zomaar te binnen? Wil je het deze domkop dan uitleggen, alsjeblieft?'

'Op 2 november is Van Gogh vermoord, meneer.' Hans had zowaar een kleur gekregen. 'Zou het niet kunnen dat een racistische groepering dat aangrijpt om voor een actie extra aandacht te krijgen? De dader toen was per slot van rekening een moslim.'

Van der Eijk keek zijn jonge collega even zwijgend aan. 'Kijk,' zei hij toen, 'als ze hier allemaal zo slim waren als jij, zouden we Kops en de zijnen allang achter de tralies hebben,' zei hij. 'Maar ik word er niet rustiger van. Nu ik weet dat het de dag is waarop de Tevreden Roker is vermoord, hou ik helemaal mijn hart vast. Ik vrees dat we ons op een wraakactie moeten voorbereiden.'

Toen de trein uit het zicht was verdwenen, realiseerde Cas zich hoe belachelijk het enthousiaste gevoel was dat hij had gekregen bij het afschudden van zijn volgster. Alsof daarmee iets opgelost werd. Toen hij vanochtend opstond, was hij nog een onopvallende scholier. Nou ja, onopvallend, hij had wel een opvallend mooie vriendin. Eerlijk is eerlijk. Maar goed, die ochtend had hij nog de keuze. Gewoon gaan voetballen en het Blank Front laten voor wat het was, of naar Amsterdam gaan. Hij had voor het laatste gekozen en nu was de nationale veiligheidsdienst zeer in hem geïnteresseerd. Zijn ouders zouden zich lam schrikken en dan had hij het nog niet over Lisa. Was het dat allemaal waard?

Lopend over het perron kwamen de beelden weer boven van de zwarte vrouw met haar twee kinderen die door een aantal patsers tegengehouden werd, een paar dagen geleden op een ander perron. Van het ene op het andere moment begon Cas te trillen. De woede die hij toen had gevoeld, was er nog steeds en zocht weer een uitweg. Toen hij zag hoe de zwarte vrouw vernederd werd, was die woede als een steekvlam bij een gasexplosie opgekomen. Met ijzeren zelfdiscipline had hij het gevoel genegeerd om zijn rol te kunnen spelen. Zo was het ook begonnen, vier weken geleden. Toen hij besloot zijn werkstuk te schrijven over extreem rechtse groeperingen, was het aanvankelijk een keuze waar hij weinig bij voelde. Een van de vele mogelijke onderwerpen. Tot hij het materiaal van deze organisaties onder ogen kreeg. Vol ongeloof en met groeiende verbijstering had hij gelezen wat deze mensen op papier zetten. Er had zich een woede van hem meester gemaakt die hij voorheen niet kende. Dat dit soort taal in zijn land vrijuit uitgeslagen mocht worden! Er waren toch wetten tegen discriminatie van alle soorten?

Langzaamaan realiseerde Cas zich dat de brochures en de internetsites domweg alleen gelezen werden door aanhangers van deze groepen. Gewone mensen hadden geen idee wat er zich afspeelde onder de oppervlakte van hun keurige samenleving. Ja, hij hoorde ook wel dat er in de kroeg en op straat weinig vleiende opmerkingen werden gemaakt over allochtonen. Dat miste venijn, het was als het onschuldige afgeven van Rotterdammers op Amsterdammers, en van beiden op de boeren elders. Bij de extreem-rechtse beweging was het menens. Hier klonk een kille haat door die wèl tot acties zou leiden; misdadige en bloedige acties. Het pesten van een toevallig passerende vrouw was een slap voorafje van wat Nederland te wachten stond, vond Cas. Hij had zelf onlangs nog gemerkt hoe snel je de stap in de verkeerde richting kon zetten. Ze waren nadien niet meer bij de Bisonbaai geweest.

Vanaf dat moment vatte een idee post dat hij met grote verbetenheid had nagejaagd. Hij, Cas, zou die lieden in hun eigen hol opzoeken en er dan met veel kabaal over schrijven. Zijn profielwerkstuk zou hem voldoende materiaal geven om ingezonden artikelen naar kranten te sturen. Hij zou zijn nietsvermoedende landgenoten confronteren met het Blank Front, de Nederlandse Volksunie en al die andere krankzinnige groeperingen. Wanneer ze zwart op wit zouden lezen welke plannen er gesmeed werden, moest er toch wel een reactie komen? O ja, een heleboel mensen zouden hem wel naïef noemen, maar die mensen deden helemaal niets, ze klaagden alleen maar en dat zou zeker niet helpen.

Zo was het begonnen. Achteraf gezien was het verrassend snel gegaan. Hij was binnen twee weken het Blank Front binnengedrongen en had het al snel tot actief lid geschopt. Eén fout had hij gemaakt. De gedachte dat hij dit op zijn eigen houtje kon doen zonder de mensen om hem heen erin te mengen, bleek nu inderdaad naïef. Hij zat tot zijn nek in de problemen en zij wisten ervan. Toch kwam er ook een positieve gedachte bij hem op. Geert zou hem nu meer dan ooit als een van de zijnen beschouwen. Hij, Cas, werd immers gezocht door de AIVD. Cas grinnikte. De veiligheidsdienst gaf hem een toegangsbewijs voor het Blank Front. Ze werden bedankt!

12

De sfeer in de vakantiebungalow was niet bepaald ontspannen. De Belgische bewoner, Stan Vercauteren, keek zijn Duitse vriend Platt boos aan. Die had zonet geopperd dat ze White Ruler meteen moesten laten vallen. Het idee voor het aannemen van een bij iedereen onbekende koerier was mooi geweest, maar nu was de situatie anders. De politie kende de jongen en dus vormde hij een risico voor hen. Heinrich begreep niet dat daar nog over gepraat moest worden. Het ging om de beweging, niet om individuele poppetjes die daarin meespeelden.

'Als we zo met elkaar omgaan zal onze beweging nooit groeien,' protesteerde Stan. 'Er bestaat nog zoiets als solidariteit. Die jongen heeft zich aangemeld en is van nut geweest. Zo iemand kunt ge niet als vuil aan de straat zetten. Als dat onze reputatie wordt, bedenkt men zich wel tweemaal alvorens ons te versterken.'

'Bij jullie misschien,' zei Kees die zijn vaste plaats op de bank weer had ingenomen. 'Ik zal geen traan laten om die arrogante zak. Dat manneke behandelde me alsof ik zelf een Turk ben.'

'Hoe zou dat nu komen?' Geert was bezig een vuur te maken in de open haard en aan zijn vierkante rug te zien was hij nog steeds woedend. 'Als jij niet zo stom was geweest, zou White Ruler nog steeds een anonieme en dus heel nuttige medewerker zijn. Of zie ik dat verkeerd?'

Kees antwoordde niet en stak met een verongelijkt gezicht een sigaret op.

'Ik ben het met Stan eens,' ging Geert door. 'We moeten die jongen niet zomaar laten vallen, maar mijn redenering is anders.' Hij had zich intussen omgedraaid en er verscheen zelfs een lachje op zijn gezicht. 'Hij wordt door de politie gezocht, weliswaar alleen voor een gesprek, want hij heeft niets verkeerds gedaan, maar toch... Dat moet voor zo'n jongen heel bedreigend voelen. Ik heb hem verteld dat hij gevolgd wordt. Hij heeft twee mogelijkheden. Of hij meldt zich bij de politie en vertelt zijn verhaal, of hij schudt zijn schaduw af. In dat laatste geval bewijst hij daarmee veel handiger te zijn dan sommigen van ons.' Hij keurde Kees niet eens een blik waardig. De toespeling was ook zo wel duidelijk. 'Bovendien zal de politie hem dan helemaal met wantrouwen bekijken. Wie niets te verbergen heeft, probeert niet de politie af te schudden. En op 2 november komt dat goed van pas. Reken maar dat de AIVD mij na onze actie het vuur aan de schenen zal leggen. Ik kan dan natuurlijk zorgen dat ik weer een alibi heb, net als Stan en Heinrich, maar toch... Zou het niet handig zijn als we in elk geval iemand hebben die we als schuldige naar voren kunnen schuiven? Iemand die aangetroffen wordt met het wapen in zijn bezit.'

'Dat kunt ge niet menen.' Stans bolle gezicht drukte ontzetting uit.

'O jawel, Stan, reken maar dat ik dat meen. Ik begrijp dat ik daarmee op jouw tere zieltje trap, maar op dit punt ben ik het met Heinrich eens: het gaat om de beweging, niet om de poppetjes.'

'En waar ga je ons poppetje vinden?' vroeg Kees. Het plan van Geert had hem weer helemaal opgevrolijkt.

'Gewoon, via de telefoon. Ik heb beloofd hem te bellen. Als hij nog vrij rondloopt, pik ik hem op en dan kijken we wat we hem kunnen laten doen. Akkoord?'

Ze waren akkoord gegaan, alhoewel Stan er mokkend het zwijgen toe deed. Het telefoontje naar Cas leverde de mededeling op dat hij zijn volger had afgeschud en nu, zonder veel geld, door een uitgestorven Zutphen liep. Een half uur later reed Geert voor en stapte een verkleumde Cas dankbaar in de auto.

'Waar gaan we heen?' vroeg hij meteen.

'Alles op zijn tijd.' Geert reed rustig het stadje uit en was relaxed als gewoonlijk. 'Je hebt vanmiddag goed werk geleverd. Maar dat had ik al gezegd.'

'Niet dat ik er wat mee opschiet. Het levert me wel een hoop toestanden op en dat was niet de bedoeling.'

'Ja, een van onze mensen was wat te loslippig. Laat dat een les voor je zijn. Ook al lijkt het soms overdreven, we kunnen niet voorzichtig genoeg zijn.'

Cas leunde achterover en merkte opeens weer hoe hongerig hij was. Het maakte zijn stemming er niet beter op. 'Waarom worden jullie toch zo in de gaten gehouden? Er zijn massa's mensen in Nederland die het met jullie eens zijn. Er zijn zelfs politici die dezelfde dingen zeggen als jullie. Dan zijn jullie toch niet echt staatsgevaarlijk.'

Geert keek even opzij. 'Je zegt steeds "jullie".'

Cas zuchtte. 'In het vervolg zal ik "wij" zeggen als je daar gelukkig van wordt.'

'Het viel me alleen op. En om op je vraag terug te komen. We worden steeds lastig gevallen omdat de mensen op belangrijke posten allemaal van partijen komen die de werkelijkheid niet onder ogen willen zien. Ze blijven maar zalvend praten over onze prachtige multiculturele samenleving. Ja, als je net als zij in een van de keurige wijken van de stad woont, kun je je die luxe permitteren. Ze moeten maar eens bij mij in de straat komen kijken. En trouwens, de toestand op scholen is helemaal onhoudbaar.'

Hij kan dus toch opgewonden raken, constateerde Cas, maar zweeg verder. Ze verlieten nu de provinciale weg en reden de autosnelweg op.

'Daarom viel me jouw bericht op de site van het Blank Front op,' vervolgde Geert. 'In ben het helemaal met je eens dat we hardere maatregelen moeten nemen. We kunnen niet blijven smeken bij de machthebbers om naar ons te luisteren. Ze vertikken het gewoon. Na Fortuyn leek het even de goede kant op te gaan, maar de clowns in die partij hebben zichzelf belachelijk gemaakt. En ons trouwens ook. Met zulke vrienden heb je geen vijanden nodig.'

Cas liet zijn hoofd tegen de stoelleuning zakken. Hij was weer opgewarmd in de auto en kon zich zowaar enigszins ontspannen.

'Daarom hebben we ons helemaal opnieuw georganiseerd.' Er klonk enthousiasme door in Geerts stem. 'We hebben met de echte getrouwen rond de tafel gezeten en nieuwe plannen gemaakt. Onze organisatie staat nu als een huis. De mensen die stiekem om ons gelachen hebben, zullen nog op hun neus kijken. We werken nu samen met Belgische en Duitse groepen en zijn sterker dan ooit. En reken maar dat we het niet laten bij demonstraties en affiches plakken. Nee, het is tijd voor harde actie en die zullen ze krijgen ook. Overmorgen al.'

Geert viel stil, terwijl Cas ademloos wachtte. Dit zou wel eens de gelegenheid kunnen zijn waarop hij wachtte. Stel je toch voor dat hij de gelegenheid kreeg een grote actie van het Blank Front te verhinderen.

'Over wat voor actie heb je het?' vroeg hij toen hij zijn nieuwsgierigheid niet langer kon bedwingen.

'Daar kom je snel genoeg achter.'

'Tenzij ik tegen die tijd de hongerdood gestorven ben. Ik heb sinds vanochtend niets meer gegeten. Wil je even stoppen bij dat tankstation daar?'

'Met Smits.' De stem van zijn vader was gespannen.

'Met mij, pap. Ik wil alleen maar even laten weten dat jullie je geen zorgen hoeven te maken.'

'Geen zorgen maken! Weet je wel dat hier iemand van de AIVD is geweest? En nu zit Lisa's vader hier. Waar ben je in vredesnaam mee bezig, jongen?'

'Ik begrijp dat je ongerust bent, maar dat is niet nodig. Geloof me maar dat ik precies weet waar ik mee bezig ben...'

'Je hebt toch niet echt banden met dat rechtse tuig?'

'Je weet wel beter.'

'Als ik de verhalen anders hoor... Meneer Voskamp wil je even spreken trouwens.'

'Sorry, ik heb nu geen tijd. Dag. Geef mama een kus van me.'

Pieters verwachtte van zijn mensen dat ze 24/7 paraat waren, om zijn eigen woorden te gebruiken. Zelf hechtte hij overigens erg aan zijn vrije weekend. Het was dan ook uitzonderlijk hem op zondagavond op kantoor aan te treffen. Voor zijn bureau zaten Van der Eijk en Heinen die hij had opgescheept met de verantwoordelijkheid voor de zaak Geert Kops. Pieters zag er fris en uitgerust uit, Van der Eijk was zijn rommelige zelf, maar zelfs aan Heinen was te zien dat zijn geordende wereld de laatste dagen verstoord was. Zijn das hing los en er zat een schaduw van een baard op zijn gezicht. Hij is eindelijk van school en bezig met het echte leven, dacht Cor.

'Dit weekend levert dus vooralsnog twee successen en twee blunders op,' vatte Pieters het verslag van zijn twee ondergeschikten samen.

'Ik tel drie successen,' zei Hans Heinen vlak. 'De foto's, de identiteit van die jongen en een idee over de achtergrond van 2 november.'

'Drie successen, jij je zin.' Pieters leek in een grootmoedige bui. 'Als ik het wel heb, is het overmorgen al 2 november.' Hij keek Heinen zo dreigend aan dat de grootmoedige bui meteen schijn bleek. 'Weten jullie al wát er gaat gebeuren? Weten jullie al wáár dat gaat gebeuren? Weten jullie al wíe een en ander gaat doen?' De herhaling was natuurlijk een truc. Tegelijkertijd werd het volume steeds groter. De laatste vraag werd haast schreeuwend in hun gezicht geslingerd.

'Heeft u zelf misschien nog suggesties?' vroeg Cor van der Eijk.

Pieters keek alsof hem een oneerbaar voorstel was gedaan. 'Het enige punt waarop we een beetje vordering hebben gemaakt zijn de personen. We weten vrijwel zeker dat Geert Kops een van die personen is. Concentreer je dus op hem. Zijn knechtje Kees zal niet ver van hem vandaan zijn. Het is niet toevallig dat ze alletwee tegelijkertijd uit Den Haag zijn vertrokken. Als ik het goed begrijp heeft Kersten het mobieltje van Kees gelokaliseerd in de buurt van Apeldoorn. Kees was ook op het station in Arnhem en die jongen Smits verdwijnt in de buurt van Zutphen. Het zal wel aan mij liggen, maar ik ben dan toch echt geneigd te denken dat de heren ergens op de Veluwe rondhangen.'

'Ja, en op 2 november gaan ze natuurlijk een hert of een everzwijn vermoorden,' zei Van der Eijk melig.

'Als ik me niet vergis, en ik vergis me zelden zoals jullie weten, worden de laatste voorbereidingen op de Veluwe getroffen. Jullie moeten ze vinden voor ze deze kant op komen om hun plan uit te voeren, want de uitvoering zal vrijwel zeker in deze omgeving plaatsvinden.'

'De Veluwe is erg groot,' zei Hans Heinen somber.

'Inderdaad. Ik zou zeggen, ga er heen en zoek. En moet er niet ook iemand naar Casje Smits in Nijmegen gaan? Jezus, moet ik jullie nu alles voorkauwen? Maak dat je wegkomt.'

Na het gesprek met haar ouders had Lisa wat er nog restte van de zondagmiddag op haar kamer doorgebracht. Ze had tot twee keer toe de batterij van haar telefoon gecontroleerd want ze verwachtte een nieuw sms'je van Cas. Tot haar teleurstelling kwam dat niet. Waar hing die idioot toch uit? Volgens haar vader zocht de politie in heel Nederland naar hem. Dan moest het een kwestie van tijd zijn voor hij gevonden werd. Of zou hij zich ergens verborgen houden? Verontrustende gedachte. Misschien hielden anderen hem wel verborgen. Nog verontrustender gedachte. Nadenken hielp haar niet. Ze had simpelweg te weinig informatie. Eén ding wist ze zeker: de moeilijkheden waarin Cas zich dit keer had gemanoeuvreerd waren een stuk gevaarlijker dan die van vorig jaar. Nu had hij te maken met mensen die voor niets terugdeinsden. Het waren de woorden van haar vader en ze geloofde hem.

Bij het eten vertelde Joris dat een hoge functionaris van de AIVD vanavond nog naar Nijmegen kwam om mee naar Cas te zoeken. Ze waren ervan overtuigd dat Cas informatie had over een heel gevaarlijke groepering. Daar werd Lisa ook niet rustiger van.

Tegen zevenen voerde ze het plan uit dat de afgelopen uren vorm had gekregen in haar hoofd. Ze belde het nummer dat nog steeds in de agenda naast de telefoon stond.

'Goedenavond, met Karin Verstraten.'

Lisa had zich zo ingesteld op een gesprek met Paul Verstraten dat ze schrok van de vrolijke vrouwenstem. Karin was de naam van de droomvrouw die haar vaders assistent ertoe had gebracht zulke domme dingen te doen dat het hem zijn baan bij de politie had gekost.[2]

'Dus jullie zijn getrouwd?' vroeg Lisa.

'Wie is dit?' De stem klonk opeens een stuk koeler.

'Sorry. Ik ben Lisa Voskamp en ik zoek Paul.'

'Ik zal mijn man even roepen.'

Lisa schudde verbaasd haar hoofd. Die Paul. De eeuwige vrijgezel met een eindeloze stoet vriendinnen. En nu was hij keurig getrouwd. Zijn vrouw droeg nog wel zijn naam. Wie had dat kunnen denken.

'Verstraten.'

'Hoi Paul, met Lisa.'

'Dag schoonheid, dat is een tijd geleden zeg. Ben je nog steeds zo mooi?'

Lisa dacht aan de vos en zijn streken, maar bloosde desondanks. 'Ik heb je hulp nodig,' zei ze.

'Dat klinkt serieus.' Het was Lisa gelukt beide leden van

---

[2] Zie Theo Engelen, Droomvrouw vermist (Sjaloom 2002).

het echtpaar Verstraten met één zin van hun vrolijkheid te verlossen.

'Is het ook. Mag ik langskomen?'

'Tuurlijk. Ik woon nog op hetzelfde adres.'

13

Meteen na het verlaten van de snelweg stopte Geert op een donkere parkeerplaats langs de weg. 'Draai je hoofd even de andere kant op.'

Cas voelde hoe een muts over zijn hoofd werd getrokken. Het ding kwam tot ver over zijn kin. Een bivakmuts dus. Toen hij met zijn handen voelde, begreep hij waarom hij niets zag. De uitsparingen voor ogen en mond zaten op zijn achterhoofd.

'We kennen je nog zo kort dat we geen risico willen lopen,' zei Geert terwijl hij de motor weer startte.

Cas voelde eerst boosheid opkomen. Vertrouwden ze hem nu nog niet? Hoe idioot die gedachte was besefte hij een fractie van een seconde later. Hij wás niet te vertrouwen. Toen schoot hij in een onbedaarlijke lach. Van de zenuwen?

'Wat is er zo grappig?'

'Jij, ik, deze hele situatie. Het lijkt wel een scène uit een derderangs Amerikaanse speelfilm. Zoiets doe je toch niet in het echt!'

Geert trapte op de rem en de auto kwam piepend tot stilstand. 'Ik wil niet dat je weet waar we ons onderkomen hebben. Zoals ik al eerder zei, je kunt niet voorzichtig genoeg zijn. Belachelijk of niet. Als je wil uitstappen, ga je gang.'

'Ik vind gewoon dat je me intussen wel zou kunnen vertrouwen.'

De auto trok weer op en Geert deed er het zwijgen toe. Cas probeerde niet eens bij te houden hoe ze reden. Het was een eindeloze rij bochten. Voorzover hij het had kunnen volgen waren ze vanuit Zutphen via Apeldoorn op de autosnelweg richting Amersfoort terechtgekomen, maar hij wist niet eens welke afslag ze hadden genomen. Hij had andere dingen aan zijn hoofd.

Tien minuten later stopte Geert en trok meteen weer de muts van Cas' hoofd. 'We zijn er. Stap maar uit.'

De omgeving was niet geruststellend, vond Cas. Ze leken midden in een bos te staan. De gure wind liet de boomtoppen boven zijn hoofd met veel kabaal heen en weer zwaaien. Tussen de bomen door meende hij hier en daar de omtrekken van een huisje te zien, maar er was te weinig licht om daar zeker van te zijn. Het huisje waarnaast Geert geparkeerd had, was een baken in de duisternis. De gordijnen waren dichtgetrokken, maar langs de randen vielen strepen licht naar buiten. Cas' ogen bevestigden nu ook wat zijn neus al had geroken. Uit de schoorsteen kwam een sierlijke pluim rook. In andere omstandigheden zou dat er misschien idyllisch hebben uitgezien. Nu voelde Cas zich van iedereen verlaten. Hij huiverde en dat was niet alleen van de kou.

Geert klopte drie keer kort op de deur die meteen openzwaaide. Hij wenkte Cas om binnen te komen.

Na de duisternis buiten was het licht binnen oogverblindend. De warmte sloeg Cas in het gezicht.

'Heren, mag ik jullie voorstellen: White Ruler. In het echt heet hij Cas Smits.' Geerts stem klonk zo ontspannen of hij een nieuw lid van de bowlingclub voorstelde.

Cas registreerde meteen dat zijn echte naam genoemd werd en voelde zich nog kwetsbaarder dan een minuut tevoren. Zijn ogen wenden langzaam aan het licht en hij keek in drie nieuwsgierige gezichten. Kees was zo te zien niet blij met Cas' komst. Hij keek even ongeïnteresseerd op en draaide zich toen weer naar de sportuitzending op de tv.

'Kees heb je vandaag al twee keer gezien,' zei Geert. Hij

wees op een grote, goed verzorgde man. 'Deze meneer mag je Heinrich noemen. Achternamen doen er niet toe. En ja, hij klinkt een beetje Duits al praat hij Nederlands alsof hij een inburgeringcursus heeft gevolgd.'

De derde man zag eruit als een vriendelijke schoolmeester. Hij werd voorgesteld als Stan. Cas schudde de twee nieuwelingen de hand en werd overvallen door een onwerkelijk gevoel. Kennelijk waren deze mannen gevaarlijk. Waarom zou de AIVD anders foto's maken wanneer een van hen een onbekende jongen ontmoette? En toch, het leek in deze knusse bungalow op het jaarlijks weekendje uit van een vriendenclub. Jammer alleen dat dat ene lid op de bank zich niet leek te amuseren. De absurditeit van de situatie werd nog versterkt toen Stan aankondigde dat hij had gekookt. Ze konden aan tafel.

Cor van der Eijk had alleen zijn weekendtas in het Nijmeegse hotel afgegeven en was daarna snel doorgelopen naar het politiebureau. Joris Voskamp wachtte hem in de hal op en ging hem voor naar zijn kamer. Van der Eijk vervloekte de trappen en zakte hijgend in de stoel die Voskamp hem aanwees. Die man moet even oud zijn als ik en aan hem is niet te merken dat hij drie trappen gelopen heeft, dacht Cor. Misschien moest hij toch eens naar een sportschool gaan. In elk geval ging Voskamp niet achter zijn bureau zitten. Ze zaten tegenover elkaar in twee leunstoelen die betere dagen hadden gekend.

'Zo, meneer Van der Eijk, wat kunnen wij hier in Nijmegen voor de AIVD betekenen?'

'Ach, ik ben snel tevreden. Als jullie mij nou eens Geert Kops en zijn nieuwe knechtje Cas Smits leveren, dan vertrek ik vanavond nog naar huis. Ik heet Cor trouwens.'

'Wat hebben die twee uitgevreten?'

'Niets. Althans, nog niets. We verwachten dat ze op 2 november, overmorgen dus, iets gaan doen dat voor veel ophef zal zorgen.'

'Dat is knap vaag, Cor.'

'Ik had het graag preciezer geformuleerd, maar we weten het eenvoudig niet.' Van der Eijk hief zijn handen verontschuldigend op.

Joris schoof op zijn stoel. 'Ik zit met een probleem. Laat ik dat maar meteen opbiechten. Cas Smits is voor mij geen onbekende. Hij is het vriendje van mijn dochter en...'

'Dat wist ik natuurlijk al,' zei Van der Eijk neutraal. 'Ik weet zelfs dat jullie hem verleden zomer een tijdje hebben lastiggevallen in verband met een vermissing. Je zou er verbaasd over staan hoeveel kennis wij in korte tijd kunnen produceren over vrijwel elke Nederlander. Terwijl ik hiernaartoe reed, kreeg ik alle info toegestuurd.'

'Als je al die informatie hebt, weet je ook dat Cas onmogelijk kan behoren tot een rechtse groepering.'

'Als je zolang bij de veiligheidsdienst zou werken als ik, zou je weten dat er zich onder de oppervlakte heel verrassende dingen kunnen afspelen.'

'Het zou me in dit geval verbazen,' zei Joris kortaf.

'Ik zou hetzelfde zeggen als meneer Smits het vriendje van mijn dochter was,' zei Van der Eijk rustig, 'maar ik hou alle mogelijkheden open.'

'We zullen zien.'

'Dat zullen we. Laten we wel de afspraak maken dat je niets onderneemt in deze zaak zonder eerst met mij te overleggen.'

'Zeg, denk je...'

'Het alternatief is dat iemand anders de zaak van je overneemt. Ik heb dat met mijn baas overlegd en hij heeft met jouw baas gebeld. We kunnen jouw relatie met Smits niet negeren, of je dat nu leuk vindt of niet.'

Er was weinig over van de chaos die Lisa zich herinnerde van een vorig bezoek aan Paul Verstratens vrijgezellenappartement. Nu zag het er licht en gezellig uit. Paul zelf droeg een gestreken hemd, constateerde ze. Een jaar geleden was dat nog onvoorstelbaar. Karin was nog steeds adembenemend mooi en Lisa begreep eens te meer waarom Paul zo stom had kunnen zijn om zijn baan op het spel te zetten. Voor zo'n vrouw gaan mannen nu eenmaal door het vuur.

Er was koffie en er was de ongemakkelijke prietpraat van mensen die elkaar een tijd niet hebben gezien en voorzichtig aftasten of de dingen nog zijn zoals ze waren.

'Zo, en nu wil ik weten wat je van me wilt,' zei Paul na tien minuten.

'Ik wil dat je Cas zoekt,' zei Lisa. De blik van verstandhouding tussen Paul en Karin ontging haar niet. 'Dit is geen flauwe grap. Hij is echt verdwenen, uit vrije wil.' Ze hoorde het zichzelf zeggen en aarzelde even. Het leek er zo echt op of ze Paul en Karin alsnog wilde terugpakken voor de moeilijke tijd die ze Cas en haar hadden bezorgd. Snel vertelde ze het hele verhaal.

Paul floot tussen zijn tanden toen Lisa weer zweeg. 'Dat klinkt heel zorgelijk, Lisa. Ik weet dat je er niet van houdt als er om de dingen wordt heen gedraaid, dus ik zeg het maar zoals ik het zie. Ik weet niet hoe Cas bij die kerels is terechtgekomen, maar hij verkeert in gevaarlijk gezelschap. De afgelopen jaren zijn die rechtse groepen steeds professioneler geworden, maar vooral veel gewelddadiger.'

'Daar wordt Lisa ook niet rustiger van,' zei Karin.

'Nee, maar Paul heeft wel gelijk. Ik ben geen kind meer en hoef niet ontzien te worden,' zei Lisa. Ze trok de mouwen van haar trui over haar handen.

'De vraag blijft wat ik voor je kan doen dat je vader niet kan,' zei Paul. Zijn stem verraadde dat de verhouding tussen Joris Voskamp en Paul Verstraten verleden jaar onherroepelijk verstoord was.

'Papa moet doen wat bij zijn baan hoort,' zei Lisa. 'Hij kan niet op de eerste plaats aan het welzijn van Cas denken. Jij zou dat wel kunnen.'

'Cas zou verbaasd opkijken als hij mij dit keer aan zijn zijde vond.'

'Ik weet het Paul, maar ík vraag het je. Volgens mij heeft hij iedere hulp nodig die hij kan gebruiken.'

'Ik denk dat je Joris onderschat.'

'Nee, dat doe ik niet. Papa houdt zelfs de mogelijkheid open dat Cas echt bij die club hoort. En bovendien, er is iemand uit Den Haag gekomen die hem voortdurend op zijn vingers kijkt. Die mensen weten natuurlijk ook dat Cas mijn vriendje is.'

Paul keek zorgelijk. 'Je realiseert je toch wel dat ik niet meer bij de politie werk? Als beveiligingsmedewerker heb ik lang niet de mogelijkheden die ik vroeger had. Ik zou niet weten waar ik moest beginnen.'

Lisa zag aan zijn gezicht dat de vraag óf hij wilde helpen beantwoord was. Het ging nu over de vraag hoe. 'Ik heb een idee,' zei ze.

14

De maaltijd die Stan had bereid smaakte voortreffelijk. Gelukkig maar. Cas kreeg meer honger naarmate hij zenuwachtiger was en de snack bij het tankstation was dus niet voldoende geweest. Bovendien zorgde een flesje bier ervoor dat de ergste randjes van de spanning werden afgehaald. Jammer alleen dat Kees de ene sigaret na de andere rookte. Cas' ogen waren toch al geprikkeld door de rook van de haard, de sigaretten maakten het alleen maar erger. Of hij even frisse lucht mocht scheppen, had hij gevraagd en Geert vond het goed. Bedacht Cas wel dat ze precies wisten waar zijn ouders woonden? Ja, dat bedacht Cas en hij bedacht ook dat dit in zijn plannen niet was ingecalculeerd.

Buiten was de wind gaan liggen. De lucht was helder en het vroor nu al enkele graden. Huiverend liep Cas het pad voor het huisje af. Toen hij op voldoende afstand was, zette hij zijn telefoon aan. Meteen klonk er de bliep van een ontvangen sms' je. PAUL WIL JE HELPEN. LAAT EVEN WETEN WAAR HIJ JE KAN ONTMOETEN. LIEFS, LISA. Ze kenden maar één Paul en Lisa wist dat hij een hekel had aan die man. Waarom dacht ze dan dat hij net van die eikel hulp wilde? Hij had trouwens geen hulp nodig. Uit de zenuwachtige sfeer in het huisje achter hem leidde hij af dat Geert niet had overdreven. Overmorgen zou er iets gebeuren. En dat zou hij dan net op tijd kunnen melden aan de politie. Als de drie daarbinnen werden opgepakt, was het ook afgelopen met de dreigementen aan het adres van zijn ouders. Zo zou het gaan en daarbij was geen rol weggelegd voor meneer Verstraten.

Toen hij weer binnenkwam, wachtten zijn vier gastheren hem op. Ze zaten naast elkaar op de twee banken en wezen op de fauteuil tegenover hen. Cas ging zitten en voelde zich opeens veel minder zelfverzekerd dan vijf minuten geleden. Hij zat daar alsof hij examen moest doen.

'Onlangs schreef je op de website van het Blank Front dat er hardere actie moest komen om de Nederlanders wakker te schudden,' zei Geert. 'Was dat stoere taal of vind je dat nog steeds?'

'Ik vind dat we al jaren veel te voorzichtig zijn,' zei Cas. 'Dat vond ik toen en dat vind ik nog steeds.' Goed van hem dat hij onthouden had "we" te zeggen. Dat zou Geerts vertrouwen doen toenemen.

'Je zult op je wenken worden bediend.' Geert wees op de anderen. 'Overmorgen is het zover. Daarom zijn wij hier bij elkaar.'

'Wat gaat er gebeuren?' vroeg Cas zo achteloos mogelijk.

'We zullen iemand liquideren die onze beweging duidelijk tegenwerkt. Is dat hard genoeg voor je?'

Cas keek strak voor zich uit. Alleen zo kon hij de schok verwerken. Hij had zijn tegenstanders weer onderschat. Bij acties had hij zich van alles voorgesteld, maar regelrechte moord hoorde daar niet bij.

'Vergis ik me of ziet onze White Ruler opeens wat bleek?' vroeg Kees spottend.

'Wat is mijn rol?' vroeg Cas. Het leek hem beter Kees te negeren.

'Daar hebben we het nog over,' zei Geert. 'Eerst wil ik nog zeggen waarom we die datum hebben gekozen. Op 2 november is Theo van Gogh vermoord door een van die woestijnratten. Je zou zeggen dat er geen duidelijker bewijs kan zijn van wat wij steeds zeggen. Dat onze cultuur om zeep wordt geholpen door die lui. Maar heeft dat geleid tot een andere houding in Nederland? Ben je gek, we gaan gewoon op de oude voet verder. Wij zullen nog eens duidelijk een monument voor Theo oprichten.'

'Zou Van Gogh echt bij ons willen horen?' Cas had het gezegd voor hij er erg in had en vervloekte zichzelf.

Geert wierp hem een afkeurende blik toe. 'Eigenlijk doet dat er niet toe,' zei hij. 'Waar het om gaat is dat hij stevige uitspraken deed over moslims. Dat weten mensen nog drommels goed. Wij zullen aan iedereen duidelijk maken dat wij wraak nemen in zijn naam.'

'Dus er wordt een moslim vermoord?'

'Zo eenvoudig ligt dat niet. We nemen iemand die ideeën als die van Van Gogh belachelijk heeft gemaakt en nu in de politiek blijft zeuren over een multiculturele samenleving. Dat soort lui is veel gevaarlijker dan de gemiddelde moslim. Die is te stom om voor de duvel te dansen.'

Cas keek Geert intussen aan alsof hij geboeid zat te luisteren en knikte regelmatig om zijn instemming te betuigen. Jammer dat Geert zo om de hete brei heen draaide. Pas als hij een naam wist, kon hij de politie waarschuwen. Die kon het slachtoffer dan waarschuwen en tegelijkertijd zou Cas' naam meteen gezuiverd zijn.

'Wie is de gelukkige?' vroeg hij.

'Geen idee,' zei Geert. 'Dat horen we later vanavond. We

hebben geleerd van onze fouten in het verleden. De politie stond ons soms al op te wachten als we ergens een actie gepland hadden. Nu hebben we alles professioneel voorbereid. Er zijn twee gescheiden groepen. De ene heeft een doelwit gekozen en alle nodige informatie bij elkaar gezocht. Zo kunnen wij de naam zelfs niet door een ongelukkig telefoontje verraden. Aan de andere kant weet de planningsgroep niet wie uiteindelijk de aanslag zal uitvoeren.'

'Weten jullie dat wel?' vroeg Cas met een onschuldig gezicht. 'We zijn hier met zijn vijven.'

'Met zijn vieren,' corrigeerde Stan. 'Dat ge hier bent was niet gepland en we zullen u zeker niet het vuile werk laten opknappen. Daar hebt ge nog te weinig eelt voor op uw ziel.'

'Wij hebben een taakverdeling afgesproken.' Geert hield er niet van als een van de anderen het van hem overnam. 'Wat die is, hoef jij niet te weten.'

'Dat is misschien wel zo verstandig,' zei Cas. Krijg de kolere, dacht hij.

Joris vond van zichzelf dat hij fanatiek was. Wanneer hij aan een belangrijke zaak werkte, lette hij niet op de klok of de kalender. Dat had hem een paar jaar geleden bijna zijn huwelijk gekost. Hij vroeg zich af of Cor van der Eijk getrouwd was. In elk geval moest Joris toegeven dat deze man hem in fanatisme overtrof. Sinds hij was aangekomen, had hij geen moment stilgezeten. Hij bladerde door dossiers, belde met collega's en checkte zijn e-mail elk half uur. 'Zeg, die ouders van Smits, wat zijn dat voor mensen?' had hij op een gegeven moment gevraagd. Joris kon weinig opwindends over hen vertellen. 'Absoluut geen rechts-extremisten dus?'

'Nee, verre van.'

Cor van der Eijk wilde Joris' mening bevestigd zien door eigen waarneming en dus zaten ze die zondagavond rond negen uur bij de aangeslagen ouders van Cas. Ze beantwoordden braaf de vragen die Joris ook al had gesteld. Of ze nog ergens een vakantiewoning hadden, vroeg Van der Eijk opeens. Ja, nu meneer het zei. Ze hadden een klein huisje in een bungalowpark vlakbij Apeldoorn. Ze schreven het adres op. Maar dat park was nu dicht natuurlijk. Van 1 oktober tot 1 mei ging de zaak op slot.

'Juist', had Cor gezegd met een snelle blik op Joris. 'Dat was het wel zo'n beetje. Dank voor uw medewerking. Laten we hopen dat deze zaak snel is opgelost.' Hij stond al bijna buiten voor Joris was opgestaan.

Hans Heinen zat in hemdsmouwen achter zijn bureau en trok zijn stropdas los. Zijn ogen brandden van slaapgebrek en zijn hoofd tolde. De afgelopen uren had hij gezocht naar mogelijke objecten voor een aanslag komende dinsdag. Gelukkig hadden de meeste instellingen tegenwoordig hun agenda online staan. Hij wist nu wat er in het parlement besproken werd, wat de Rijksvoorlichtingsdienst aan plannen had gepubliceerd voor leden van het koninklijk huis en welke evenementen er in de grote steden waren. Niets had echt zijn aandacht getrokken en tegelijkertijd kon er op veel plaatsen onheil aangericht worden. Hans tuurde mismoedig voor zich uit. Hij begreep ook niet waarom mensen uit het buitenland waren opgetrommeld. Zei dat iets over de aanslag die werd voorbereid? Of had het de bedoeling hun zand in de ogen te strooien? Of was het gewoon toeval? Om gek van te worden!

Het telefoontje van Cor van der Eijk kwam als een verlossing. Eindelijk actie. Ja hoor, hij zou onmiddellijk maatregelen nemen. Zou Van der Eijk er zelf ook bij zijn? Mooi, succes dan.

Het stelletje in de auto dat op dit bospad ongestoord meende te kunnen staan, werd wreed gestoord in hun vrijerij. Ze schrokken zich wezenloos toen vier in donker uniform geklede mannen met bivakmutsen de deuren van de auto opentrokken. Aankleden en wegwezen was het bevel. Nee, de auto moest blijven staan voorlopig. Er mocht geen geluid gemaakt worden. En of ze een beetje wilden opschieten met het aankleden, de mannen hadden haast.

Behalve dit bibberende stel werd er niemand aangetroffen rond het bungalowpark. Het militaire arrestatieteam klom nu over de afrastering en vormde een steeds kleiner wordende cirkel rond het vakantiehuisje van de familie Smits. Naarmate ze dichterbij kwamen, duurde het langer omdat de mannen steeds omzichtiger te werk gingen. Het duurde meer dan een half uur voor er een cordon van tot de tanden gewapende mannen rond Dennenlust stond.

'We zijn zover,' fluisterde de commandant in zijn walkietalkie.

'Wat mij betreft kunnen jullie aan de slag,' zei Van der Eijk. 'Pas wel op met... Er is een jongen van een jaar of zeventien bij de vier mannen. Wat zijn rol is weten we niet, maar wees voorzichtig.'

Twee minuten later veranderde het stille bos in een uitzinnige kermis. Aan alle kanten van het huisje knipten schijnwerpers aan die Dennenlust verlichtten als een filmdecor. Tegelijkertijd klonk een stem door de mobiele geluidsinstallatie. 'Dit is de politie. Kom naar buiten met de handen boven het hoofd, dan raakt niemand gewond.'

In de stilte die volgde, hoorde je alleen het mechanische geklik van wapens die ontgrendeld werden. Een konijn was gevangen in het licht van de schijnwerpers en had een paar seconden nodig voor hij een weg uit deze lichthel had gevonden.

Eén handgebaar van de commandant was voldoende om twintig van zijn ondergeschikten in beweging te krijgen. Ze droegen helmen en kogelvrije vesten en hielden hun wapens in de aanslag terwijl ze vliegensvlug naar het huisje toe renden. Vlak erna klonk een explosie bij de voordeur die als een veertje weggeblazen werd. Onder luid geschreeuw renden de militairen naar binnen. Twee minuten later kwamen ze rustig weer naar buiten, de glazen bescherming voor hun gezicht omhoog geklapt. Nog weer twee minuten later vloekte

Cor van der Eijk hartgrondig.

'Het zou ook te mooi zijn geweest.'

'Ik zei toch al dat het erg onaannemelijk was dat die lui Cas zo vertrouwen dat ze zijn ouders zomerhuisje als onderkomen zouden kiezen,' zei Joris Voskuil.

'Ja, dat zei je al,' bromde Van der Eijk. 'Maar stel nou dat ze hier wel zaten en dat we het niet hadden geprobeerd. Wel, terug naar Nijmegen dan maar.'

15

Kees en Stan hadden de rest van de avond tv gekeken, Heinrich las een Duitse krant en Geert was verdiept in een boek over de VOC. Aan Cas werd geen speciale aandacht meer geschonken. Hij had vanaf 10 uur alleen een heroïsch gevecht moeten leveren tegen de slaap. Het liep tegen middernacht toen Geert een telefoontje kreeg. Het gesprek duurde maar een paar seconden, maar het zorgde voor een plotselinge bedrijvigheid in het huisje. Banken werden recht geschoven en de rommel op tafel verdween naar het aanrecht.

'Wat doen we met de jongen?' vroeg Heinrich opeens.

Geert keek hem vragend aan.

'Hubert verwacht alleen ons vieren. Je weet hoe hij is.'

'Niet aan gedacht, maar je hebt gelijk.' Geert keek Cas aan. 'Het spijt me, jongen, maar je zult het komende uur buiten moeten doorbrengen. We krijgen zo bezoek en onze gast houdt niet van verrassingen.'

'Mooie boel,' zei Cas. 'Gaat er eindelijk iets gebeuren en dan word ik naar buiten gecommandeerd. Ik dacht nog wel dat er een rol voor mij was weggelegd.' Hij hoefde geen moeite te doen om boos te klinken. Op deze manier werd hem de mogelijkheid afgenomen om zijn plan uit te voeren.

Geert haalde zijn schouders op. 'Ik begrijp je teleurstelling, maar er zit niets anders op. Blijf in de buurt, dan roep ik je wel weer.'

Cas trok zijn jas aan, deed een sjaal om en haalde zijn muts uit zijn jaszak. Buiten ademde hij de frisse boslucht in en dacht na. Pas toen in de verte het geluid van een automotor klonk, liep hij snel naar het bosje schuin tegenover het huisje. Hij stond hier in het donker, maar had vrij zicht op de weg voor het huis.

De grote auto schakelde ruim voor aankomst de lichten uit en reed stapvoets tot bij het huisje. De linkerdeur zwaaide open. Een grote man met brede schouders stapte uit en keek enkele minuten kalm om zich heen. Pas toen hij vond dat de kust veilig was, tikte hij op het dak van de auto. Een van de achterdeuren zwaaide open en een andere grote man stapte uit en hield de deur open. De derde man was duidelijk een stuk ouder dan de andere twee. Hij was ook een stuk kleiner en zette na het uitstappen een hoed op zijn grijze haar. Hij wisselde een paar woorden met de chauffeur en liep naar de deur. De man moest een ongeluk hebben gehad, dacht Cas. Hij liep moeilijk omdat zijn rechterbeen korter was dan het linkerbeen. De deur zwaaide meteen open en Geert stond in de deuropening met zijn vriendelijkste lach op zijn gezicht.

De deur ging met een klap dicht en de duisternis nam weer bezit van het park. Bij de auto rookten de twee mannen een sigaret. Daarna stapten ze in om de gure wind te ontvluchten. Cas maakte een omtrekkende beweging en kwam ongezien bij het houten terras dat tegen de achterkant van het huisje was gebouwd. Aan die kant van de kamer bevond zich een zware schuifdeur die toegang gaf tot het terras. In deze tijd van het jaar was daar geen behoefte aan. Wel aan frisse lucht en om die binnen te laten waren er over de hele breedte van de deur ventilatieroosters aangebracht. Naast het terras stond alleen nog het uitbouwtje van de keuken. Cas greep zich vast aan de houten ladder die de klimop op zijn plaats hield, zette een voet op de vensterbank van het keukenraam en trok zich omhoog. Zonder geluid te maken kroop hij over het dak naar de roosters. De wind had hier vrij spel en er lag een laagje ijs op het dak, maar het geluid van stemmen dat uit de roosters omhoog kwam, maakte veel goed. Hijgend concentreerde Cas zich op wat er gezegd werd.

'... natuurlijk niet. Ik kom niet voor de gezelligheid naar Veluwezoom. Koffie, bespottelijk!' Dit moest de pas aangekomen gast zijn. Cas had de licht geaffecteerde stem niet eerder gehoord.

'Ik wil meteen ter zake komen. We hebben lang getwijfeld, maar we hebben nu een perfect doelwit geselecteerd. In dit dossier vinden jullie alles wat je nodig hebt. Haar hele programma van komende dinsdag is van minuut tot minuut opgenomen. Je zult ook zien dat we elk moment dat ons geschikt leek hebben gemarkeerd. In de map zit zelfs een bezoekerspas voor het Tweede-Kamergebouw. Die is er alleen voor Kops. Ik had van hem een recente foto. Als jullie er toch voor kiezen de actie in dat gebouw uit te voeren, moet hij het alleen doen.'

'Het is dus een vrouw?' zei Kees.

'Ja, doet dat er toe?'

Cas hoorde Kees niet meer antwoorden en voor het eerst had hij begrip voor de man. Wie de nieuwkomer ook was, hij was gewend bevelen te geven en duldde geen tegenspraak.

'Lees de map door. Alle vier alsjeblieft en grondig. Ik blijf nog even om vragen te beantwoorden.'

Er volgden tien minuten waarin niets gezegd werd. Cas klappertandde zo hard dat hij bang was te worden gehoord. Hij bewoog tenen en vingers om de circulatie op gang te houden. Het was om gek van te worden. Twee meter beneden hem lag een dossier met alle informatie over de geplande aanslag. Hij wist alleen dat het een vrouw betrof.

'Geen vragen verder? Mooi. Succes dinsdag.' Er klonk geschuif met stoelen.

'O ja, één ding nog.' De stem klonk nu zo mogelijk nog scherper. 'De jongen die jullie hebben gerekruteerd als koerier... Ik heb vanavond wat nieuwe informatie over hem gekregen. Vanaf nu mogen jullie absoluut geen contact meer met hem opnemen. Het is verdomme de schoonzoon van een politie-inspecteur in Nijmegen. Wat die knul voorheeft is me een raadsel, maar ik weet vrijwel zeker dat hij niet is wie hij voorgeeft te zijn. Ook dit soort dingen moeten voortaan centraal besproken worden. Jullie zijn verdomme nog steeds de amateurs die jullie drie jaar geleden waren.'

'Maar...' De aarzeling in Geerts stem was tot op het dak te horen.

'Geen enkel contact meer. Begrepen?'

De voordeur ging open en werd weer gesloten. Meteen daarna sloeg de motor van de auto aan en hoorde Cas het knerpen van de banden op de bevroren bosgrond.

Binnen had Kees opeens het hoogste woord. 'Zie je nu wel dat dat ventje niet te vertrouwen is? Ik weet niet waarom jij...'

Geert was de aangesprokene. 'Kop dicht, Kees. Ik denk na en daarbij heb ik geen gekakel aan mijn kop nodig. Niet dat jij dat kunt weten, want je denkt nooit.'

'Denk niet te lang na. We moeten een besluit nemen voor hij terug is,' zei Heinrich zonder een spoor van emotie.

'Ik kan niet geloven dat Hubert gelijk heeft,' riep Geert. 'Laat die jongen dan aan huis komen bij een politieman, dat zegt toch niets over zijn ideeën? Wat vind jij, Stan?'

Stan vond niets. Hij zei althans niets.

'Je weet dat we geen risico kunnen lopen, Geert. Ik begreep toch al niet waarom je die jongen zo snel vertrouwde. En al helemaal niet waarom hij vanavond opeens hier opdook.' Platt praatte nog steeds alsof hij het over het winterweer had. 'Voor het eerst in jaren staan we op het punt onze tanden te laten zien, we hebben maanden gepland. We staan nu twee dagen voor het grote moment en alles wat in de weg kan staan moet worden weggeruimd. Zonder pardon.'

Cas hoorde niemand protesteren en voelde geen kou meer. Sterker nog, hij had het opeens benauwd. En toch bleef zijn verstand werken. Hoe wist die Hubert in vredesnaam dat hij Lisa aardig vond en zij hem? En dat de vader van Lisa politieman was? Die deftige meneer moest goede vrienden hebben bij de AIVD of de politie. Hij was dan waarschijnlijk ook degene die Geert had verteld over de foto's die van Cas en Kees genomen waren. Het werd zo wel moeilijk nog te weten wie je kon vertrouwen. Cas blies in zijn handschoenen om zijn vingers te verwarmen en pakte zijn gsm.

Cor van der Eijk lag op zijn harde hotelbed en keek ongeïnteresseerd naar een film die maar niet op gang leek te komen. In de aankondiging was nog wel gezegd dat het hier een klassiek meesterwerk betrof. Cor schikte het hoofdkussen opnieuw, stak zijn hand in een zak chips en zag niet eens meer wat er op het scherm gebeurde. Overmorgen, hij keek op zijn horloge, nee, morgen al zou er iets gebeuren. Het was zijn taak dat te voorkomen, maar hij kon niets anders doen dan op zijn bed liggen en zich ergeren aan klassieke meesterwerken. Naarmate hij langer met deze zaak bezig was, werd het hem banger te moede. De moord op de Haagse politieagent was een teken. De groep waarmee ze te maken hadden was keihard. De koelbloedige manier waarop de moord was uitgevoerd… Van der Eijk huiverde toen hem het beeld van het slachtoffer weer voor ogen kwam.

Het gepiep van zijn telefoon haalde hem uit zijn sombere bespiegelingen. Op de display zag hij dat Hans Heinen hem probeerde te bereiken.

'Kun je ook niet slapen?'

'Zien we iets over het hoofd?' Hans was al even ongedurig als Van der Eijk.

'Vast. Ik weet alleen niet wat.'

De diepe zucht aan de andere kant van de lijn was zo goed hoorbaar dat Cor van der Eijk medelijden kreeg met zijn collega. 'Misschien hebben we ons door Pieters te zeer laten opfokken,' zei hij. 'Het loopt dinsdag vast met een sisser af.'

'Bent u Driessen vergeten?' Hans klonk zowaar verwijtend. 'Niks geen sisser. Er staat ons iets te wachten als indertijd met Fortuyn en Van Gogh. Alleen werden we toen volkomen verrast en weten we nu dat er iets te gebeuren staat. Het is om gek van te worden!'

'Afwachten dus maar,' zei Van der Eijk.

'Ja. Alhoewel… er is nog een kleine kans dat we wel op tijd zijn. Beneden werken drie mensen zich door een lange lijst van hotels en bungalowparken op de Veluwe. Volgens Pieters moeten de heren daar ergens zitten. Wie weet. In elk geval krijgen ze allemaal een telefoontje met de vraag of er sinds kort enkele heren onderdak hebben gekregen.'

'Probeer maar wat te slapen,' zei Cor van der Eijk die goed was in het weggeven van goed advies.

'Dat zal niet lukken, meneer.'

'En hou verdomme op met me 'meneer' te noemen. Ik ben Pieters niet.'

'Gelukkig niet.'

Hoe Cas ook zijn best deed met allerlei bewegingen, zijn handen en voeten waren intussen gevoelloos van de kou. Hij was iets verder opgeschoven naar het midden van het dak. Nadat hij uit de ventilatieroosters had gehoord dat Heinrich een doodvonnis over hem had uitgesproken, was het snel gegaan. Eerst was Geert naar buiten gekomen. Hij had Cas geroepen, eerst zachtjes, maar toen Cas niet kwam opdagen steeds harder. Voor het eerst hoorde Cas iets van paniek in de stem. Huberts verhaal had Geert aan het twijfelen gebracht. White Ruler was opeens een bedreiging voor hen geworden. De andere drie kwamen ook naar buiten en samen doorzochten ze de onmiddellijke omgeving van de bungalow. Na twintig minuten gaven ze het op. Voor de deur troffen ze elkaar weer.

'De vogel is gevlogen,' zei Kees. 'Hubert had dus gelijk. Op dit moment vertelt dat joch aan een politieman in een naburig dorp dat wij hier zitten. Het zal niet lang duren voor dat in Den Haag is doorgedrongen, en we hier bezoek krijgen.'

'Ik ben het voor de verandering met Kees eens,' zei Stan. 'We moeten maken dat we wegkomen en tot dinsdag elders een onderkomen vinden.'

'Even voor de duidelijkheid.' Geert probeerde te redden wat er te redden viel. 'De jongen weet alleen dat we hier zitten en dat er dinsdag iets gaat gebeuren. Als we dus snel vertrekken is er nog geen ramp gebeurd. Dat er strenge veiligheidsmaatregelen zijn genomen in Den Haag is al sinds vorige week bekend. Daar zijn we op voorbereid. Er is dus geen reden tot paniek.'

'Volgens mij is er ook niemand in paniek,' zei Heinrich. 'Behalve jijzelf misschien. Laten we snel onze spullen pakken. We hebben twee auto's. Ik stel voor dat we twee aan twee vertrekken en onafhankelijk van elkaar onderdak zoeken. Met z'n vieren vallen we te veel op. Stan gaat met mij mee, want ik wil niet met Kees opgescheept worden.'

'Sinds wanneer heb jij de leiding?' Geert legde eindelijk zijn onverstoorbaarheid af. Zijn stem had de klank van staal. Vlijmscherp staal. 'Jij rijdt in de Opel naar Den Haag. Ik geef je zo het adres. Ik ga met Stan en Kees mee. We hebben nog een klus voor we ook naar het westen komen. Stan en Kees blijven op een ander adres tot morgen. Ik kom zo snel mogelijk ook naar Den Haag. Zoals ik al zei, er is geen reden voor paniek. Ik heb nog steeds alles in de hand.'

'Maar die jongen dan?' Heinrich liet zich niet zo snel overbluffen.

'Ook dat regel ik,' zei Geert beslist.

Vijf minuten later renden de mannen naar de parkeerplaats waar hun auto's stonden. Moeizaam kroop Cas naar de schoorsteen en sloeg er zijn armen omheen alsof het Lisa was. Het duurde een tijd voor hij weer tot leven kwam, maar langzaam verdreef de warmte de stijfheid uit zijn lijf. In zijn hoofd bleef het ijskoud. De angst had plaatsgemaakt voor woede. Het ging niet meer alleen over het Blank Front. Natuurlijk wilde hij de ideeën van die club nog steeds aan de kaak stellen, maar er was iets bijgekomen. Zonder de minste problemen hadden de vier mannen besloten dat Cas geliquideerd kon worden. Zijn strijd met hen was daardoor heel persoonlijk geworden. De schoften!

16

Paul maakte de deur voorzichtig open en schoof met zijn rug tegen de muur naar binnen. Hij hield zelfs zijn adem in om zo min mogelijk geluid te maken.

Cas zat met zijn jas nog aan bij het nasmeulende vuur, alle zintuigen gescherpt door de adrenaline die nog steeds door zijn lijf stroomde. De klik van de deur was voldoende. 'Kom maar binnen. Ze zijn weg,' riep hij.

Zijn berichtje aan Lisa was een schreeuw om hulp geweest. Zij had het natuurlijk meteen aan Paul Verstraten doorgegeven. De aanduiding huisje 187 in park Veluwezoom ergens tussen Apeldoorn en Amersfoort moest voor een ex-politieman voldoende zijn. En dus wist Cas wie er op dit tijdstip voor de deur stond.

Verstraten stak zijn hoofd om de deur en keek alsof hij sneeuw zag vallen in de zomer. 'Lisa zei dat je in gevaar was.' Hij stapte naar binnen en keek boos op Cas neer. 'Ik mag hopen dat dit geen flauwe streek is om me terug te pakken.'

Cas schudde zijn hoofd. 'Volgens mij heb je al voldoende geboet voor de moeilijke week die je me bezorgd hebt. Ga zitten.' Hij vertelde wat er de afgelopen uren was gebeurd.

Toen hij uitgepraat was, keek Paul even stil voor zich uit.

'Hoe krijg je het toch voor elkaar om jezelf steeds weer in de problemen te werken?'

'Dat is een interessante vraag, maar het lijkt me belangrijker om te praten over wat we gaan doen.'

'Wat we gaan doen? We gaan helemaal niets doen!' Verstraten pakte zijn telefoon en begon een nummer te toetsen. 'Ik bel Joris en die mag het van me overnemen. Het enige dat ik nog doe is terugrijden naar Nijmegen. Als je niet te veel zeurt mag je meerijden. Dan ben ik mijn belofte aan Lisa nagekomen.'

'Niet bellen,' riep Cas.

Het klonk zo dwingend dat Paul verschrikt opkeek.

'Denk nou toch eens na, man. Als je Joris belt, zal die de informatie braaf doorgeven aan de AIVD en daarmee aan die Hubert. Er zit ergens een lek en zolang we niet weten waar, moeten we onze mond houden.'

'Wat stel jij dan voor?'

'Dat jij rustig naar huis gaat en deze nacht vergeet. Ik ga naar Den Haag en wacht dinsdagochtend bij de ingang van het kamergebouw. Vergeet niet dat ik de mannen alle vier onmiddellijk zal herkennen.'

'Dat kun je toch ook doen als de politie erbij is.'

Cas ging met een ruk recht zitten. 'Luister je wel naar wat ik zeg? Als ik de politie erbij betrek, weten die kerels dat ook heel snel en komen ze niet opdagen. Dan stellen ze de aanslag uit tot een tijdstip dat we niet kennen.'

Paul dacht even na. 'En als je de heren of een van hen herkent, wat dacht je dan te doen?' zei hij ten slotte.

Cas keek naar de smeulende blokken hout en haalde zijn schouders op.

'Juist. Je mag jezelf dan een hele kerel vinden, maar je hebt hier te maken met mannen die veel meer ervaring hebben dan jij.' Paul stond op en kwam naast Cas zitten. 'Luister, ik heb bewondering voor wat je hebt gedaan, maar je moet weten wanneer je moet stoppen. Deze zaak is veel te ernstig om door een of twee amateurs te worden afgehandeld. Het gaat nota bene om een dreigende politieke moord!'

'Ik weet het. Wat stel jij voor?'

'Ik stel voor dat we Joris opzoeken en hem in vertrouwen vertellen over het lek in de organisatie. Hem kennende zal dat hem woest maken en zal hij alles op alles zetten om dat lek boven water te krijgen. En intussen kan hij voldoende betrouwbare mankracht bij elkaar krijgen om dinsdag echt op te treden.'

Cas zakte achterover in de bank en sloot de ogen. 'Misschien heb je gelijk,' zei hij. 'Ik ben ook zo moe dat ik nauwelijks mijn ogen open kan houden.'

Paul keek op zijn horloge. 'Het is intussen al bijna acht uur. Bel Lisa maar en zeg tegen haar dat je Joris wilt spreken. Maar wel Joris alleen. We kunnen over een goed uur in Nijmegen zijn.'

Cas knikte zwijgend en haalde zijn telefoon tevoorschijn. Hij sloot zijn ogen terwijl hij wachtte tot de telefoon aan de andere kant werd opgenomen.

'O, sorry, ik verwachtte Lisa, meneer Voskamp.'

'…'

'Ja, dit is Cas. Mag ik Lisa even?'

'…'

'Wat!' Cas sprong op. De moeheid op zijn gezicht was vervangen door ontzetting. 'Wanneer?'

Nu duurde het antwoord langer.

'Ik bel u nog terug.' Cas drukte het gesprek weg en sloeg de handen voor zijn ogen. Hij trilde over zijn hele lijf.

'Wat is er gebeurd?' vroeg Paul geschrokken.

'Lisa is verdwenen. Toen Eva haar vanmorgen wilde wekken, was ze weg. Haar raam stond open. Er waren in haar kamer een aantal dingen omgestoten en ze heeft geen kleren mee. Dus…'

Zijn telefoon gaf aan dat hij een sms'je had ontvangen. Het bericht beroofde hem van de laatste kleur in zijn gezicht. Hij reikte Paul de telefoon aan. JE WAS OPEENS VERDWENEN. KEES PAST OP JE VRIENDIN. BEL ME. GEERT.

Verstraten kwam meteen in actie. Hij sprong op. 'Kom, we moeten hier vertrekken. Als Joris Lisa's telefoon heeft, leest hij ook het berichtje dat jij vannacht gestuurd hebt. Binnen een half uur staat hier een enorme politiemacht voor de deur.'

Cas bleef bewegingloos zitten. Hij leek in trance. 'Ze hebben Lisa.'

Paul schudde hem door elkaar. 'Kom, opschieten. Als de politie je hier vindt, breng je daarmee Lisa's leven in gevaar.' Toen Cas nog niet reageerde, sleurde Paul hem aan een arm mee naar buiten. Naar de auto, dacht hij. Wegwezen. En dan zien we wel verder. Hij had een verbeten trek op zijn gezicht. Nu die schoften Lisa hadden ontvoerd, was het ook voor hem persoonlijk.

Twintig minuten later waren ze ver genoeg verwijderd van het bungalowpark. Paul stopte de auto op een parkeerplaats. Cas had al die tijd als verdoofd voor zich uit gekeken. De ontvoering van Lisa was de druppel. Het was alsof het laatste restje kracht uit zijn lijf was verdwenen. Wat had hij er een puinhoop van gemaakt! Hij werd door het hele land gezocht, zijn ouders waren natuurlijk volkomen van streek, vannacht had hij gehoord hoe mensen afspraken hem te elimineren en nu was zelfs Lisa het slachtoffer. En wat stond er aan de positieve kant? Voorlopig helemaal niets. Het duurde een tijd voor hij zich realiseerde dat Paul tegen hem praatte.

'Wat zeg je?'

'Je moet die Geert bellen. Kun je dat aan?'

Cas knikte.

'Zet het toestel op de speaker. Ik wil meeluisteren.'

Cas pakte zijn telefoon. Het nummer van Geert stond nog in zijn bellijst. 'Ik moest bellen,' zei hij schor.

'Je hebt de tijd genomen.' De stem van Geert klonk hol uit de speaker, maar de woede was duidelijk te horen. 'Besef je wel dat we je vriendinnetje hier hebben? Als we boos worden is zij het slachtoffer.'

'Wat wil je van me?'

'Ik wil dat je je bij ons meldt. We dachten je te kunnen vertrouwen en je weet meer dan goed is voor onze gemoedsrust. En dan is meneer opeens verdwenen. Wat moeten wij daaruit afleiden?'

'Niks. Ik was gewoon bang geworden.'

'De stoere White Ruler bang? Moeilijk te geloven. Luister, genoeg gekletst. Als je tegen iemand praat over wat je gehoord hebt, zie je je vriendin niet meer terug.'

'Als je haar ook maar een haar krenkt...'

'Geen loze dreigementen, Smits. Zorg dat je binnen twee uur in Leiden bent. Alleen en zonder met iemand te overleggen. Je krijgt dan nadere instructies. Hoe sneller je komt, hoe beter. Kees vindt je vriendin erg mooi.'

Paul kneep zo hard in het stuur dat de knokkels van zijn handen spierwit waren en onderdrukte een vloek.

'Ik zal er zijn,' zei Cas toonloos en verbrak de verbinding.

Ze reden meteen weg. Paul had zo'n haast dat er zwarte strepen op het asfalt achterbleven.

De twee berichten kwamen ongeveer tegelijkertijd bij Cor van der Eijk binnen. Hans Heinen meldde dat een van de assistenten eindelijk prijs had. In park Veluwezoom woonden sinds een paar dagen vier mannen in een huisje. Dat kon toch niet missen? Joris had de berichten op Lisa's telefoon gelezen en stormde opgewonden binnen met de mededeling dat ze naar Veluwezoom moesten. Het arrestatieteam was nauwelijks afgemeld van de vorige opdracht toen Van der Eijk weer belde. En dus kwam het hele circus weer in beweging, nu naar een ander park op de Veluwe.

Cor en Joris werden door een politieauto met loeiende sirenes in recordtijd naar het park gebracht. Ze waren net op tijd om vast te stellen dat ze te laat waren. De spreekwoordelijke vogels waren gevlogen. Het hele huisje werd op sporen uitgekamd. Het enige dat men vaststelde was dat er meerdere mensen gewoond hadden. De vingerafdrukken werden onmiddellijk doorgestuurd. Toen het resultaat werd doorgebeld, keek Cor van der Eijk zo mogelijk nog stuurser dan tevoren. Een van de vier mensen in het huisje was de moordenaar van Driessen. De vingerafdrukken op diens auto kwamen overeen met een van de hier gevonden afdrukken.

Joris hoorde het nieuws gelaten aan. 'We wisten al dat we met gevaarlijke lieden te doen hadden,' zei hij. 'Dit bevestigt het alleen. Ik maak me grote zorgen over Cas en Lisa.'

'Je dochter loopt geen gevaar,' zei Cor. 'Zij is geen bedreiging voor hen.'

'Waarom hebben ze haar dan ontvoerd?' snauwde Joris opeens. Ook een politieman is maar een vader.

'We weten niet eens of zij de ontvoerders zijn,' zei Cor. 'Sterker nog, officieel weten we niet eens of ze ontvoerd is. Er is geen bericht binnengekomen. Of hou je iets voor me achter?'

'Je weet wel beter. Ik vermoed dat haar verdwijning verband houdt met de activiteiten van Cas de laatste tijd.'

Cor bromde alleen maar iets voor zich uit.

'Wat?'

'Theoretisch houden we de mogelijkheid nog open dat Cas Smits uit overtuiging meewerkt met Kops en de zijnen. En, nog steeds theoretisch, kan hetzelfde gelden voor jouw dochter.'

'Je bent gek.'

'Nee, objectief.'

Lisa besefte pas wat er gebeurd was toen ze weer bij bewustzijn kwam achter in een gesloten bestelauto. Het enige dat ze zich herinnerde, was dat ze wakker was geschrokken toen er iets tegen haar gezicht werd geduwd. Een sterke zurige lucht drong in haar neus en toen wist ze niets meer. Die geur hing nog steeds om haar heen. Ze had stekende hoofdpijn en hield zich slapende. Door haar oogleden zag ze een man met zijn rug tegen de zijkant van de auto zitten. Hij keek ontevreden voor zich uit.

De harige deken waar ze op lag, prikte in haar blote voeten. Lisa probeerde om haar hoofdpijn heen te denken. Ze was dus letterlijk van haar bed gelicht en in deze auto gestopt. Maar waarom in vredesnaam? Ze legde meteen de link met Cas. Waar die ook mee bezig was, het was bloedlink. Hij had vannacht al hulp ingeroepen voor zichzelf en nu was zij de klos. Hier was het laatste woord nog niet over gezegd!

Met een schok realiseerde ze zich dat die verfomfaaide man aan de andere kant van de auto haar naar buiten had gedragen. Of de chauffeur natuurlijk, of beiden. Ze bekeek snel haar kleren. 's Nachts droeg ze altijd de broek van een oude mannenpyjama met brede strepen en een T-shirt. Dat droeg ze nog steeds, maar ze voelde zich naakter dan op het strand. Waar zou ze heengebracht worden? Door de pijnscheuten in haar hoofd kon ze niet meer nadenken. Lisa deed wat het verstandigste was. Ze vocht niet langer tegen de bedwelming, maar gaf eraan toe.

17

Paul had als een bezetene gereden om zo snel mogelijk in Leiden te zijn. Aangezien ze niet precies wisten waar ze moesten zijn, reed hij op de Lange Gracht een overdekte parkeergarage binnen pal naast het politiebureau. Cas was zo moe dat hij ondanks de spanning ter hoogte van Utrecht in slaap was gevallen. Hij schrok wakker toen Paul de motor uitzette.

'We weten niet eens of je gebeld wordt of zelf moet bellen,' zei Paul.

Cas keek op zijn horloge. 'Nog een half uur, dan is het twee uur geleden sinds het vorige telefoontje. Als hij tegen die tijd nog niet gereageerd heeft, bel ik hem zelf weer.'

Paul knikte, maar was te rusteloos om te blijven zitten. 'Ik kijk even of ik ergens koffie en wat broodjes kan krijgen. We zullen toch moeten eten.'

Toen hij verdwenen was bedacht Cas dat zijn laatste maaltijd door een van de handlangers van het Blank Front was gekookt. In één nacht was er veel veranderd.

Nog voor ze hun broodjes op hadden, ging Cas' telefoon over. Hij zette de speaker weer aan en legde het ding op het dashboard.

'Ben je al onderweg?' vroeg Geert zonder verdere inleiding.

'Ja, ik ben zelfs...' Cas realiseerde zich net op tijd dat hij veel te vroeg in Leiden was gearriveerd. Geert was niet op de hoogte van Paul Verstraten en dat moesten ze zo houden ook. Normaal gesproken had hij eerst een station moeten zien te bereiken om dan een trein te nemen. 'We zijn net uit Utrecht vertrokken. Ik arriveer over 40 minuten.'

'Iemand zal je daar opwachten. Als die iemand merkt dat je niet alleen bent of politie opmerkt, zit je vriendin in de problemen.'

'Hoe is het met Lisa?'

'O, ze heet Lisa. Mooie naam.' De verbinding werd verbroken.

'Slim van je... met die trein, bedoel ik. Ik had er geen moment aan gedacht,' zei Paul.

Cas voelde voor het eerst enige sympathie voor de man. Dat hij het voor Lisa opnam, had hem al aan het twijfelen gebracht. De oprechte bewondering die in zijn ogen te lezen was deed de rest. 'Wat doen we nu?' vroeg hij.

'We gaan het initiatief overnemen,' zei Verstraten beslist. 'Als we keurig blijven doen wat de heren van ons willen, krijgen we niet de kans onze eigen doelen te bereiken.'

'En wat betekent dat in gewone mensentaal?'

'Geert denkt dat jij nog in de trein zit. Daar gaan we ons voordeel mee doen. Ze kennen mij niet en ze kennen mijn auto niet. Je kunt er vergif op innemen dat ze klaarstaan als jij aankomt.' Paul trok zijn mouw op om op zijn horloge te kijken. 'Over een half uur dus. Als ze arriveren, zitten wij in deze auto en kun jij me aanwijzen om wie het gaat. Hier, trek mijn jas maar aan en trek je muts over je ogen. Nadat je degene die je opwacht hebt geïdentificeerd, loop je zo het station binnen. Als de trein uit Utrecht binnenkomt, doe je de jas uit en de muts af. Niemand zal dan doorhebben dat de Cas Smits die naar buiten komt even van tevoren naar binnen is gegaan.'

'Jij bent dus ook in mijn verhaal getrapt. Ik heb geen idee hoe laat de trein uit Utrecht in Leiden aankomt.'

'De denkbeeldige trein uit Utrecht dan. Zo goed?'

'We spelen gevaarlijk spel,' zei Cas. Hij borg de telefoon weer in zijn zak en dronk zijn koffie op. 'Je hebt zelf de dreigementen gehoord. Als ze je opmerken is Lisa de klos.'

Paul lachte zowaar. 'Je vergeet toch niet dat ik bij de politie heb gewerkt? Een auto onopvallend volgen zal nog wel lukken.'

'Daar vertrouw ik dan maar op. Maar wat doe je als je eenmaal weet waar ik naartoe gebracht ben?'

'Wat ik dan doe?' Paul wreef over de baardstoppels op zijn kin. 'Eerlijk gezegd weet ik dat nog niet. Het hangt van de situatie af. In het uiterste geval kan ik op dat moment altijd nog de politie inschakelen.'

Al pratende had hij de auto weer gestart. Hij reed rustig naar het station en parkeerde schuin tegenover de hoofdingang. Cas droeg intussen het leren jack van Paul en zijn muts was diep over zijn gezicht getrokken.

Tien minuten voor de denkbeeldige trein uit Utrecht zou arriveren reed een oude bestelauto rustig langs het station. De man achter het stuur nam alle tijd om de omgeving te bekijken. Hij verdween uit het zicht toen hij een zijstraat inreed, maar kwam een paar minuten later van de andere kant weer terug. Nu bleef hij met draaiende motor staan, nog steeds erg geïnteresseerd in zijn omgeving.

Cas had de bestuurder de eerste keer al herkend. Het was de Duitser. 'Dat is hem,' zei hij tegen Paul. 'Ik ga.'

Hij liep op zijn dooie gemak naar de ingang van het station en nam zelfs de tijd de borden met vertrektijden te raadplegen. Een reiziger die zo uit de stad zou vertrekken en nog even controleerde van welk perron zijn trein vertrok. Toen verdween hij in het stationsgebouw. Pauls jas borg hij op in een bagagekluis en de muts verdween weer in de zak van zijn eigen jas. Hij keek op de klok en zag dat het precies veertig minuten geleden was dat hij Geert had gesproken. Zijn trein was dus aangekomen. Hij liep weer naar buiten.

Een waterig zonnetje deed zijn best Leiden zomers te laten uitzien, maar de temperatuur was nog steeds beneden nul. Cas huiverde en keek onderzoekend om zich heen. De verleiding om meteen naar het busje toe te lopen was groot, maar zijn voorzichtigheid nog groter. Een stuk verderop stond de auto van Paul Verstraten, ook met lopende motor. Paul zat over het stuur gebogen en tuurde in zijn richting. Dat gaf toch een veilig gevoel. Wie had dat een jaar geleden kunnen denken?

De koplampen van de bestelbus lichtten even op. Cas speelde de rol van de verrast opkijkende amateur. Pas toen Heinrich wenkte kwam hij in beweging. De deur zwaaide open en nog voor Cas goed en wel zat, vertrok de auto al.

'Ik ben blij te zien dat je je weer bij ons voegt,' zei Heinrich.

Ja, vast, dacht Cas, zo krijg je nog een tweede kans om me uit de weg te ruimen. Zijn mond zei intussen andere dingen. 'Waar waren jullie opeens? Ik had een stuk gelopen om het warm te krijgen en toen ik terugkwam was het huisje verlaten. Pas toen Geert me weer belde, wist ik dat jullie niet waren opgepakt.'

'Dat was natuurlijk een hele opluchting,' zei Heinrich.

Of het nu kwam door het Duitse accent of niet, de stem van deze man verraadde geen moment of hij de dingen die hij zei meende, of dat hij ze spottend bedoelde. Cas moest hoe dan ook de vermoorde onschuld spelen. 'Ik pik het trouwens niet dat jullie Lisa hierbij betrokken hebben,' zei hij en hij hoefde de emotie in zijn stem niet te spelen.

'Geert wilde zeker stellen dat je niet zou vergeten waar je loyaliteit ligt,' zei Heinrich.

'Alsof ik dat zou vergeten. Waar gaan we trouwens naar toe?'

Heinrich lachte hardop. 'Dat zul je snel genoeg zien. In elk geval is je vriendinnetje daar ook.'

Cas haalde opgelucht adem. In Pauls plan zat één zwak punt. Stel nou dat Lisa niet werd vastgehouden op dezelfde plaats als waar ze Cas naartoe brachten. Dan kon Paul niets ondernemen zonder haar in gevaar te brengen.

Na de tweede mislukte inval had Cor van der Eijk korzelig aan Joris meegedeeld dat hij nu ging slapen en dat hij zelfs niet gestoord wilde worden als de wereld verging. Ze hadden alles gedaan wat mogelijk was en nu was het verder afwachten. Die hele zaak hing hem trouwens mijlenver de keel uit.

Twee uur later kwam een monter kijkende Cor van der Eijk Joris' kantoor binnen. 'Ik kom me afmelden, want ik ga weer naar Den Haag,' zei hij.

'Geef je het op?' vroeg Joris.

'Integendeel, er zit opeens schot in de zaak. Een half uurtje geleden belde mijn collega Heinen dat ze weten waar twee van de vier mannen zich schuilhouden.'

'Hoe zijn ze daar dan achtergekomen?'

'Daar kan ik helaas niets over zeggen, ook tegen jou niet. Het is wel uiterst betrouwbare informatie. Hoe dan ook, Heinen wacht op mij voor ze er binnenvallen. Ik heb dus haast. Dank voor de samenwerking en tot ziens.'

'Ho, ho, wacht even.' Joris sprong op, pakte zijn jas van de kapstok en rende achter Van der Eijk aan. 'Je vergeet dat mijn dochter door die kerels vastgehouden wordt. Ik ga mee.'

'Ik vergeet helemaal niets,' zei Van der Eijk onverstoorbaar. 'Heinen weet al dat jij meekomt. Kun je weer zo'n snelle auto regelen?'

Ze had een deel van de reis geslapen en het andere deel was ze verward geweest. Nou ja verward, bang was het woord om eerlijk te zijn. In elk geval had Lisa geen idee waar ze was. Eén aanknopingspunt had ze wel. Het geluid dat ze in de verte hoorde, was onmiskenbaar de zee. Twee aanknopingspunten eigenlijk, want ze was de loopplank van een boot opgelopen. Maar dat was het dan ook; ze zat op een boot niet ver van de zee.

De inrichting was ronduit spaarzaam. Naast het trapje waarlangs je binnenkwam stond een klein aanrecht. De rest van de kajuit bestond uit een aan de wand bevestigde bank en een tafel. Aan de andere kant van de tafel stond normaal gesproken een stoel. Nu was die stoel verplaatst naar de ingang. De norse man die ze in de auto al had gezien, zat erop en blokkeerde zo haar enige ontsnappingsroute. Hij was zo zeker van zijn zaak dat ze niet eens geboeid was. Ze had aan het licht gezien dat ze hier vroeg in de ochtend waren aangekomen. Hoeveel tijd er sindsdien verstreken was, wist Lisa niet. Haar horloge lag nog op een Nijmeegs nachtkastje.

Ze was in die tijd twee keer naar het toilet geweest. Dat mocht van die vreselijke man die dan voor de deur ging staan. Voor de rest hadden ze geen woord gewisseld. Een paar keer merkte Lisa dat de man haar broeierig bekeek. Ze vermeed elk oogcontact en verlangde naar een hooggesloten en alles verhullende nachtjapon. Gelukkig besteedde haar bewaker veel tijd aan het lezen van een soort rapport. Waar het over ging, wist Lisa niet, want de omslag was blanco. Toen ze de tweede keer naar het toilet ging en de man het rapport even op tafel legde, viel er een foto uit. Tot haar verbazing herkende Lisa een bekende politica, Bauke Hellinga. De felle ogen, de prachtige zwarte krullen, het kon niet missen. Als Lisa achttien was, zou ze absoluut op deze vrouw stemmen. Wat moest die engerd met een foto van haar?

Er was trouwens nog een andere man aan boord. Toen ze vanochtend uit de auto stapten, stond hij al te wachten. Hij had haar galant helpen uitstappen en haar vriendelijk welkom geheten. Zijn sympathieke stem en Vlaamse tong-val hadden haar bijna doen vergeten hoe ze hier terecht was gekomen. De bestelauto was meteen weer weggereden, maar ze had nog wel gezien dat de grote man achter het stuur kaal was.

Van de twee die achterbleven had ze de Vlaming niet meer gezien, al hoorde ze hem af en toe over het dek lopen. Zij zat opgescheept met iemand die ze normaal gesproken koste wat het kost zou proberen te ontlopen. Toch had ze almaar het idee dat ze dat gezicht kende. Waar had ze deze man eerder gezien? Het deed er ook niet toe. Er waren belangrijker vragen. Waar zou Cas nu zijn en hoe was het met hem? Maar voor alles zou ze nu eindelijk wel eens willen weten waar die jongen mee bezig was. Het denken aan Cas was voldoende om het juiste laatje in haar geheugen te laten openspringen. De foto die haar vader had meegebracht!

'Wat zat er eigenlijk in dat pakketje?' vroeg ze.

De man keek verschrikt op en de verbijstering in zijn ogen was voor Lisa als een koele bries op een hete dag.

18

Cas voelde zich in de auto zo mogelijk nog minder op zijn gemak dan de nacht tevoren toen Geert hem had opgepikt. Het lag voor een deel aan Heinrich die de indruk maakte van geen enkel menselijk gevoel last te hebben. De kille manier waarop hij nog maar enkele uren daarvoor een doodvonnis over Cas had uitgesproken was typerend. Maar er was nog iets anders. Cas registreerde feilloos dat de man geen enkele moeite deed hun route geheim te houden. Ze reden naar het zuidwesten en aan de borden te zien was Katwijk hun bestemming. De Duitser was niet bang dat zijn medepassagier dat zou verraden. Cas voelde de spieren in zijn nek aanspannen toen hij zich realiseerde wat dat betekende. Hij moest de neiging onderdrukken om in de achteruitkijkspiegel naar Pauls auto te zoeken.

Ze reden door het centrum van Katwijk aan Zee en toen ze weer buiten de bebouwde kom waren, moest Heinrich een papier raadplegen. Hij vloekte toen hij een bordje met het opschrift Ouwe Plas passeerde. Hij stopte, keerde om en sloeg alsnog een smalle weg in. Een klein meertje doemde voor hen op waar een paar boten lagen. Op het dek van een van de boten herkende Cas het Belgische bendelid. Stan zwaaide even en liep de loopplank af. De Duitser stopte naast hem.

'Jij gaat rustig met onze vriend aan boord,' zei hij. 'Als je stennis maakt is dat het laatste wat je doet. Begrepen?'

Cas stapte snel uit, dankbaar uit de greep van Heinrich te zijn. Stan leek minder gevaarlijk. Toen ze aan boord gingen hoorden ze de auto alweer optrekken. Heinrich zou hier dus niet blijven. Mooi. Ze liepen een trapje af naar de kajuit toen Stan hem bij de schouder pakte. Hij klopte op de deur en noemde zijn naam. Cas herkende het onvriendelijke gezicht van Kees en zag dat de man een even grote hekel aan hem had als omgekeerd. Dat was dan ook weer duidelijk. Belangrijker was de vreugdekreet die achter Kees vandaan kwam. Hij zou Lisa's stem uit duizenden herkennen. Daar stond ze dan, met die idiote pyjamabroek aan en met een blik in de ogen waarin angst en strijdlust om de voorrang streden. Cas duwde Kees opzij en ving haar halverwege de kajuit op. Ze begroef haar gezicht in zijn nek en hij voelde haar tranen langs zijn kraag lopen. Lieve, lieve Lisa.

'Je kunt ook aan de andere kant van de deur de wacht houden,' zei Stan en trok Kees' stoel mee.

'Ja, ik ga een beetje in de kou zitten,' protesteerde Kees.

'Zeur niet, we laten die twee even alleen. Geef mij dat dossier trouwens maar. Ik wil nog iets nakijken,' zei Stan. Hij sloot de deur achter zich en Cas en Lisa hoorden nog net hoe Kees mopperend zijn nieuwe plaats innam.

Om de een of andere reden had Joris verwacht dat het gebouw van de AIVD in rep en roer zou zijn door de op handen zijnde actie. Niets was minder waar. Het gemiddelde kantoorgebouw in Nijmegen was opwindender. Toen hij er een opmerking over maakte, haalde Cor van der Eijk zijn schouders op.

'Hier houden we alles in de gaten en maken we onze analyses. Voor acties moet je elders zijn. En trouwens, dat wij zo dadelijk een inval gaan doen is maar in heel kleine kring bekend. We moeten onze bron beschermen en hoe minder mensen van zijn bestaan op de hoogte zijn, hoe beter.'

Hans Heinen voegde zich bij hen en stapte achter in de auto. Een jonge man met een vermoeid gezicht, vond Joris. Het leek wel alsof hij al 48 uur niet meer uit de kleren was geweest. Dat dat ook zo was, kon hij niet weten.

'Rijden maar,' zei Hans. 'Naar Katwijk om te beginnen. Ter plekke zal ik je verdere aanwijzingen geven. Er wacht daar een speciale eenheid op ons voor het ruwe werk.'

'En nu maar hopen dat driemaal scheepsrecht is,' zei Van der Eijk.

Joris zette de sirene aan en trapte het gaspedaal tot op de bodem in.

Langs de Ouwe Plas was weinig ruimte om onopvallend te parkeren. Paul zag Cas uitstappen bij een boot en reed langzaam door. In zijn achteruitkijkspiegel verscheen een onbekende man die met Cas aan boord ging. De bestelauto reed meteen door. Nadat de auto uit het zicht was verdwenen, parkeerde Paul zijn auto een paar honderd meter van de boot en liep rustig terug.

De man die Cas had opgewacht, kwam net uit de stuurhut. Hij had een jas aangetrokken. Tot Pauls verbazing keek hij even om de hoek van de trap naar het woongedeelte en stapte daar toen snel langs. Wie mocht hem niet zien? De man liep de loopplank af terwijl hij zijn mobieltje uit zijn zak haalde. Toen hij Paul passeerde knikte hij vriendelijk. 'Ik ben weg. Ge kunt nu komen,' hoorde Paul hem zeggen. Het was maar te hopen dat ze aan de andere kant wel begrepen wat deze boodschap betekende. Paul had geen idee. Bij de loopplank keek hij om. De man was in een oude auto gestapt die voor die van Paul stond en reed weg.

Alsof het de gewoonste zaak van de wereld was, ging Paul aan boord. Niemand zou aandacht besteden aan de sportief geklede, jonge man die soepel naar boven liep. Intussen gingen zijn ogen heen en weer over het dek. De stuurhut was leeg en ook het dek leek uitgestorven. Hij deed geen moeite het geluid van zijn voetstappen te verbergen. De man die zojuist was vertrokken, had dat zo omzichtig gedaan dat eventuele anderen zouden denken dat hij degene was die over het dek liep. Naast het trapje dat naar beneden voerde, bleef hij met zijn rug tegen het hout staan en haalde een paar keer diep adem.

Niet nadenken nu, hield hij zichzelf voor. Nee, hij had geen enkele bevoegdheid en alleen al door zijn aanwezigheid op de boot was hij in overtreding. Joris zou hem verrot schelden als hij hier achterkwam. Intussen wist Paul wel zeker dat Cas hier werd vastgehouden en wie weet zelfs Lisa. Joris kon de pot op. Meteen toen hij zijn hoofd om de hoek stak, wist hij dat deze man hem niet zou tegenhouden.

'Zeg, wat moet dat? Wie ben jij?' vroeg Kees, eerder verbaasd dan boos.

'De kerstman,' zei Paul. 'Ik zoek mijn neefje die hier tien minuten geleden aan boord is gegaan.'

'Hier is niemand.' Kees was opgestaan en deed grote moeite dreigend te kijken.

'Fout antwoord. Ik heb het met mijn eigen ogen gezien. Opzij.'

Kees deed een stap naar boven en probeerde Paul met een linkse directe tot andere gedachten te brengen. Paul was veel te jong, veel te goed getraind en veel te boos om dat te laten gebeuren. Hij dook opzij en raakte Kees vervolgens met zoveel kracht onder zijn kin dat die achterover tegen de kajuitdeur viel en daar met een verbaasde grijns op zijn gezicht bleef liggen. Paul wreef over zijn pijnlijke knokkels en bleef even met gespitste oren staan. Vanachter de deur kwam alleen een grote stilte. Toen stapte hij over zijn slachtoffer heen en opende de deur.

Hij keek in het angstige gezicht van Lisa die midden in het kamertje stond.

'Pas op, het is Paul,' schreeuwde Lisa.

Toen verscheen Cas vanachter de deur. Hij hield een houten bijzettafeltje in zijn hand en keek Paul schaapachtig aan. 'We hoorden gestommel en wisten niet wie we moesten verwachten,' zei hij.

'Wat ben ik blij jou te zien,' zei Lisa. 'Kunnen we hier nu weg? Waar is die engerd?'

Paul wees naar de bewusteloze man aan zijn voeten. 'Die houdt je niet tegen. Kom, we gaan snel naar mijn auto.' Hij gaf zelf het voorbeeld en merkte dat de twee geen verdere aansporing nodig hadden.

Op het moment dat ze de loopplank bereikten, stopten vier auto's met piepende banden voor de boot. Zwaar bewapende mannen in donkerblauwe pakken sprongen naar buiten en richtten hun wapens op de drie mensen op het dek van de boot.

'Niet schieten! Dat is mijn dochter.' De stem van Joris schalde zo hard over het water dat de leden van het arrestatieteam automatisch zijn kant opkeken.

Joris stapte uit de laatst aangekomen auto en liep snel naar de boot toe, gevolgd door een man waarvoor iedereen uit de weg ging.

Lisa rende haar vader tegemoet en werd haast verpletterd in zijn omarming. Ze klaagde niet.

Pas enkele seconden later herkende Joris de twee anderen. 'Wat doe jij hier in vredesnaam?' vroeg hij aan Paul.

'Dat is een lang verhaal,' zei Paul.

'En met jou heb ik nog een appeltje te schillen,' zei Joris tegen Cas.

Van der Eijk stond er hijgend bij. 'We hebben geen tijd voor lange verhalen en zeker niet voor het schillen van appeltjes,' zei hij. 'Is er nog iemand aan boord?'

'Nee,' zei Paul. 'Er ligt er beneden een die z'n hoofd heeft gestoten. Die kunnen jullie meenemen. Ze waren maar met z'n tweeën en de ander is een tijdje terug weggereden.'

'Niemand met een Duits accent tegengekomen?' vroeg Cor van der Eijk.

'Die heeft me hier gebracht,' zei Cas, 'maar hij is meteen doorgereden.'

'Dan zijn er nog steeds drie mensen op vrije voeten die morgen een aanslag gaan plegen. En we weten nog steeds niet wat voor aanslag en waar die zal plaatsvinden.'

Cas kuchte. 'Ik weet wel wat ze van plan zijn. Ze willen iemand op 2 november neerschieten om zo de moord op Theo van Gogh te wreken.'

'De link met Van Gogh hadden we ook al gelegd,' zei Van der Eijk. 'Dat er een moord gepland werd, niet. Blijft de vraag waar en wie.'

'Waar weet ik ook niet, maar ik vermoed wel wie het slachtoffer zal zijn,' zei Lisa bibberend. 'Als iemand mij een jas geeft, vertel ik het.' Ze kreeg meteen vier jassen aangereikt. Ze koos die van Cas en vertelde over de foto van Bauke Hellinga.

Van der Eijk knikte. 'Dank je. Kom, we moeten als de wiedeweerga terug naar Den Haag.' Hij wendde zich tot de commandant van het team. 'Zoeken jullie nog even op de boot of er iets te vinden is? En neem je die man die zijn hoofd heeft gestoten ook mee? Daar wil ik straks nog even mee praten.'

19

De schrale novemberwind blies deze morgen de laatste bladeren van de bomen op het Plein. Het was half negen en achter veel ramen brandden nog lampen. Dat gold niet voor de café's en restaurants die er op dit tijdstip doods bij lagen. Op één uitzondering na. Café Het Plein was van oudsher een toevluchtsoord voor vroege vogels. Hier niet de allures van de moderne grand cafés, maar wel een interieur dat al kabinetten had zien komen en gaan toen in cafés nog alleen koffie, limonade, jenever en bier werd gedronken. Op dit uur van de dag werd in Het Plein overigens ook voornamelijk koffie geschonken. Gewone oer-Hollandse koffie. De enkele gast die Jules vroeg om cappuccino werd bekeken alsof hij een oneerbaar voorstel deed. Dat geklieder met melk was niet zijn ding.

Zoals elke ochtend op dit uur waren de meeste gasten gekleed in de oranje pakken van gemeentewerken. De eerste straten waren alweer geveegd zodat het winkelend publiek zo dadelijk opnieuw de rotzooi achter zich kon laten vallen. Maar ja, meneer, het heeft geen zin je daarover op te winden. Wij verdienen er onze boterham mee, niet? En op een koude dag als deze zitten we ongeveer even lang bij Jules achter een bakkie als dat we buiten vegen.

Jules luisterde nauwelijks naar de verhalen van de mannen. Hij knikte af en toe alsof hij alles hoorde. Intussen keek hij over de hoofden heen naar de twee mannen die meteen na openingstijd binnen waren gekomen en een tafeltje hadden gekozen bij het raam. Ze hadden koffie besteld en keken naar buiten. Nee, een krant hoefden ze niet. Jules vond het best, maar raar was het wel. Dit soort mannen las altijd een krantje bij de koffie.

Geert zou het nooit toegeven, zeker niet als die arrogante Duitser erbij was, maar hij had geen minuut geslapen vannacht. Al die voorbereidingen en nu was dan eindelijk het moment aangebroken. De koffie van Jules lag hem zwaar op zijn nuchtere maag. Hij had toch al zo'n hekel aan wachten. Hun slachtoffer zou ergens tussen half negen en half tien hier verschijnen. Het rapport van Hubert had duidelijk gemaakt, dat een preciezere aanduiding niet te geven was. Geert keek op zijn horloge. Stan en Kees zouden op dit moment in Amsterdam zijn en daar nadrukkelijk langs de camera's van het station lopen. De kans was groot dat ze al gevolgd werden voor ze het Paleis op de Dam bereikten. Daar zouden ze tot tien uur blijven rondhangen, soms samen, soms ieder apart. Dat ze intussen met enige regelmaat telefoneerden, hoorde ook bij het spel. Om tien uur was er in het paleis een ontvangst door de koningin en de aanwezigheid van twee rechts-extremisten zou alle alarmbellen doen afgaan. Zo was tenminste het plan van Geert. Stan en Kees moesten de politie en de AIVD doen geloven dat de verwachte actie in Amsterdam zou plaatsvinden.

'Heb je nog contact gehad met die twee sukkels?' vroeg Heinrich. Hij bleef intussen aandachtig het Plein bestuderen.

Geert kon nog net een snauw onderdrukken. Het gedrag van zijn Duitse partner was de afgelopen dagen steeds irritanter geworden. De man was duidelijk niet onder de indruk van de mensen met wie hij moest samenwerken. Zeker nadat hij de politieman had uitgeschakeld die Geert in de gaten hield, was Heinrich onuitstaanbaar. En dat was niet eens nodig geweest. Geert had geweten dat hij bespioneerd werd en het lukte hem steeds weer om ongezien weg te komen. De moord was onnodig geweest en had de politie alleen maar alerter gemaakt. Alleen omdat Heinrich zonodig moest laten zien hoe koelbloedig hij was. Geert bekeek vanuit een ooghoek het rustige gezicht van zijn kompaan. Precies zo zag hij er zelf het liefst uit. Onder normale omstandigheden. Wie op dit moment nog zo rustig kon zijn…

Geert schudde zijn hoofd. Het was gewoon akelig. 'Natuurlijk niet,' zei hij. 'De afspraak was dat we gisteren en vandaag geen onnodig onderling contact zouden hebben. Ik ga ervanuit dat de twee jongelui in het ruim zijn opgesloten en dat Kees en Stan bezig zijn met hun afleidingsmanoeuvre.'

'Je begrijpt toch wel dat die jongen uit de weg moet worden geruimd? Hij heeft ons allemaal gezien en jij was zo slim om te vertellen wat we gaan doen. Zo'n getuige kan niet blijven rondlopen.'

Geert voelde zijn maag weer opspelen. Hij had een goed gevoel gehad bij die White Ruler. En nog steeds vroeg hij zich af of ze aan hem niet een goede kracht voor de toekomst zouden hebben. Niets wees erop dat die jongen hen verraden had. Misschien klopte zijn verhaal wel.

'En die meid trouwens ook.'

Geert slikte. Het gemak waarmee dat gezegd werd. Nou ja, in elk geval zou Heinrich ook op die Hellinga schieten. Hij was de meest geoefende schutter en hij had de noodzakelijke koelbloedigheid. Sterker nog, Geert zou zweren dat de man er plezier aan beleefde. Hij rilde.

'Kijk, daar hebben we de heren die niet hoeven te lopen.' Een van de mannen aan de bar wees naar buiten. Vier mannen reden stapvoets met een karretje van de ene naar de andere vuilnisbak. Ook bij de reinigingsdienst waren er rangen en standen. De mannen op het Plein droegen een ander werkpak en het commentaar van de koffiedrinkers binnen was verre van vleiend. Jules knikte maar weer eens en keek verbaasd naar buiten. Gisteren waren die bakken tegen het vallen van de avond al leeg gemaakt. Wat een verspilling om er nu weer een groep langs te sturen. Geen wonder dat de gemeentelijke aanslagen elk jaar hoger werden. De twee mannen aan het raam wenkten hem voor een nieuwe bestelling. Jules hoopte maar dat die ene niet ziek werd in zijn café. De man zag er met de minuut beroerder uit.

Cas en Lisa keken vanaf de bovenste verdieping van het gebouw van de Tweede Kamer neer op het Plein. Ze hadden van Hans Heinen verrekijkers gekregen waarmee ze de gezichten van mensen die daar beneden liepen in close up konden bekijken.

'De mannen die daar de vuilnisbakken leegmaken, dragen allevier oordopjes,' zei Lisa verbaasd.

Hans lachte. 'Ik hoop maar dat die lui waar we op wachten, minder goed opletten. Die mannen zijn collega's van me. Ze krijgen dezelfde berichten door die ik ontvang.'

Cas vond het geruststellend dat er zoveel politiemensen ingezet waren. Vanochtend op het commandocentrum was hij bij dertig de tel kwijtgeraakt. Niet zo gek trouwens, want het was weer een korte nacht geweest. Hun bevrijding was een feest dat snel door de werkelijkheid werd achterhaald. Paul had moeten uitleggen hoe hij op die boot in Katwijk terecht was gekomen. Zeker toen Cas vertelde over het lek bij de politie, was Joris opgevlogen. Gelukkig greep Van der Eijk meteen in met de mededeling dat zij ook doorhadden dat gevoelige informatie binnen de kortste keren op verkeerde plaatsen terechtkwam. Met een grimmig gezicht verzekerde hij Joris dat dat niet lang meer zou duren.

En toen kwam die andere man van de AIVD, Hans heette hij, met de vraag of zij de dag erna aan de actie wilden deelnemen. Cas en Lisa hadden de mannen die de aanslag voorbereidden de afgelopen dagen van dichtbij meegemaakt. Zij zouden hen sneller herkennen dan politiemensen op basis van foto's. En toen was Joris voor de tweede keer woedend geworden. Of zijn dochter al niet genoeg ellende had meegemaakt? Jazeker, vond Hans, maar ze zag er niet naar uit alsof ze er lang last van zou hebben en bovendien zou zij samen met Cas ver van het strijdgewoel gehouden worden. Of hij dat kon garanderen? Met de hand op zijn hart, deelde Hans mee. En dus waren Paul en Joris weer naar Nijmegen afgereisd. Ja, Joris reed met Paul mee. Ze hadden een heleboel te bespreken. De politieauto zou door een agent worden teruggereden.

Cas en Lisa hadden op kosten van de AIVD Indonesisch gegeten en daarna de nacht doorgebracht in een hotel in Den Haag. Ze hoopten maar dat de telefoonrekening ook door de AIVD zou worden betaald, want Lisa had haar moeder gebeld en Cas zijn ouders. In beide gevallen was het een heel lang gesprek geweest. Het was trouwens duidelijk dat Van der Eijk geen kinderen van hun leeftijd had en zelf streng was opgevoed. Hij wilde hen twee aparte kamers geven. Pas toen hij met Lisa's moeder had gebeld, ging hij overstag, al vertelde zijn gezicht dat hij het maar niks vond.

Om vijf voor half negen verscheen op de hoek van de Korte Poten en de Korte Houtstraat een mevrouw die het koud had. Ze was diep in de kraag van haar jas gedoken en had een sjaal voor haar mond gebonden. Alleen haar zwarte krulletjes staken er parmantig bovenuit. Ze had het niet alleen koud, ze had ook haast, want ze begon in een fors tempo aan de oversteek van het Plein, recht naar de ingang van het gebouw van de Tweede Kamer.

Het effect van deze verschijning was enorm. Van der Eijk liet zijn verrekijker zakken en riep in een microfoon: 'Hellinga komt eraan.' De mannen van de reinigingsdienst weken opeens af van de logische volgorde en haastten zich naar de prullenbak naast de ingang van het Tweede Kamergebouw. Die was vannacht nieuw geplaatst en zou zo dadelijk weer verwijderd worden. Jules zag zijn twee gasten bij het raam hals over kop naar de deur lopen. Hij vond het best, want ze hadden meteen afgerekend toen ze hun koffie kregen. Hoog boven het Plein lieten Cas en Lisa hun kijkers van de ene naar de andere kant gaan. 'Daar bij het café!' riep Cas. 'Dat zijn Geert en de Duitser.' Van der Eijk brulde de mededeling in zijn microfoon en holde toen naar de lift. 'Jullie blijven hier,' zei hij tegen Cas en Lisa. 'Waag het niet me te volgen.'

Van bovenaf zag het eruit alsof er vanuit verschillende punten drie lijnen getrokken werden naar het kamergebouw.

Kamerlid Hellinga kwam van de trein en stapte doelbewust naar haar werk. Vier agenten van de AIVD deden hun uiterste best om vanaf de rechterkant van het Plein eerder bij de ingang aan te komen. Van der Eijk bleef intussen maar in hun oren toeteren dat ze zich onopvallend moesten gedragen. Hoe deed je dat in deze belachelijke kleding als je snel wilde zijn? Geert en Heinrich kwamen van links, maar ook zij liepen naar hetzelfde punt. Gelukkig had Geert de ijsmuts pas over zijn hoofd getrokken toen hij al buiten stond. Anders had Cas hem waarschijnlijk niet zo snel herkend. Geert had op dat moment andere zorgen. Hoe moest hij de inhoud van zijn maag binnenhouden? Hij probeerde diep door te ademen, maar de ijskoude lucht maakte dat niet gemakkelijk. Vanuit zijn ooghoek zag hij Bauke Hellinga haar dood tegemoet stappen. Hij mocht de keus van Hubert niet in twijfel trekken, maar toch... In elk geval zou hij zelf nooit een vrouw hebben gekozen. Door ademen, zei hij tegen zichzelf. Hellinga voerde al jaren een hetze tegen groeperingen als het Blank Front. Hoe vaak had hij niet woedend voor de tv gezeten als ze weer eens op dat gelijkhebberige toontje uitlegde waarom de Nederlanders blij moesten zijn met al die culturen om hen heen. Hubert had gelijk. Zo iemand aanpakken trof doel. Anderen zouden zich na vandaag wel twee keer bedenken voor ze ook zulke nonsens gingen uitslaan. Zijn verstand wist precies hoe het zat, maar zijn maag bleef opspelen. Die mooie jas zou onder het bloed komen te zitten.

Lisa had Cas bij een arm gepakt en keek bezorgd naar beneden. Dit was geen film en niemand kon garanderen dat het goed zou aflopen. De mannen van de reinigingsdienst hadden de prullenbak bereikt. Ze haalden de deksel eraf en konden zo bij het zware kaliber wapens dat moeilijk ongezien was mee te nemen. Een van hen bracht zijn hand naar zijn mond.

'Wij zijn klaar,' fluisterde hij in de microfoon.

'Wacht op mijn teken,' zei Van der Eijk. Hij stond inmiddels in de hal van het gebouw en bracht zijn kijker in de aanslag.

'Nu,' zei Heinrich, toen ze op twee meter van Hellinga waren.

Geert keek wezenloos voor zich uit.

'Nu, idioot.' De Duitser haalde langzaam het pistool uit zijn zak.

De belediging werkte. 'Bent u mevrouw Hellinga?' vroeg Geert.

De vrouw draaide zich om en lachte vriendelijk. 'Daar lijkt het wel op.' Ze bracht haar hand naar haar hoofd. De glimlach bevroor op haar gezicht toen ze het pistool zag dat dreigend in haar richting wees. 'Maar schijn bedriegt,' ging ze verder. 'Mijn naam is Stijnie Blok.' Ze trok aan haar haar en had opeens een pruik met zwarte krullen in haar hand. 'Ik werk voor de veiligheidsdienst, net als die mannen daar.' Ze wees in de richting van de vuilnismannen die opeens automatische wapens in handen hadden en behoedzaam dichterbij kwamen.

Geert keek van de een naar de ander en voelde een haast onbedwingbare aandrang om te lachen. Wat was dit voor circus? Hoe waren ze in deze ellende verzeild geraakt? Alles was toch tot in de puntjes gepland? Voor wat er nu gebeurde, was geen draaiboek. Hij kon alleen maar wachten.

Wachten kwam niet voor in het woordenboek van Heinrich Platt. Hij deed snel een stap naar voren...

'Nu,' riep Cor van der Eijk in zijn microfoon en rende zelf naar de deur.

De mannen konden weinig doen. De man met het pistool in de hand had Stijnie Blok met haar rug tegen zich aangetrokken en een arm om haar hals gelegd. Zijn gezicht was naast het hare, maar voor de rest van zijn lichaam vormde ze een perfect schild. Om aan te geven dat het hem menens was, hield hij de loop van zijn wapen tegen haar slaap gedrukt. De vier agenten bleven als aan de grond genageld staan.

'Mevrouw Blok en ik gaan nu een wandelingetje maken,' zei Platt. 'Verder blijft iedereen staan waar hij staat.'

'En ik dan?' vroeg Geert.

Platt verwaardigde zich niet eens om antwoord te geven. Hij wierp Geert een minachtende blik toe en begon langzaam achteruit te lopen.

'Laat hem gaan,' zei Cor. 'We mogen het leven van Stijnie niet op het spel zetten. Die kerel komt niet ver. Is dat duidelijk?'

Op het Plein knikten vier mannen knarsetandend. Pas toen Platt met zijn gijzelaar om de hoek van de Lange Poten was verdwenen, stortten twee van hen zich op Geert. De andere twee renden in de richting waar hun gegijzelde collega was verdwenen. Toen ze de hoek omsloegen, struikelden ze bijna over Stijnie Blok die verdwaasd midden op het trottoir zat. Ze voelde voorzichtig aan haar hoofd.

'Het is niets,' zei ze tegen de twee bezorgd kijkende agenten. Ze wees de straat in. 'Hij is doorgerend en ergens links verdwenen. Ik kon niet zien of het een huis of een steeg was. Maar hij wist precies wat hij deed. Die kerel had van tevoren een ontsnappingsroute gepland.' Ze keek haar aarzelende collega's boos aan. 'Wat staan jullie daar nog? Rennen!'

Een half uur later konden ze alleen vaststellen dat Heinrich Platt het slim had aangepakt. De politie had met man en macht Den Haag uitgekamd, maar geen spoor van de Duitser gevonden. Cor van der Eijk luisterde chagrijnig naar de binnenkomende berichten. Allemaal negatief.

'Toch was het de goede tactiek,' zei Hans Heinen.

'Een mens zou gaan twijfelen,' zei Van der Eijk.

'Als we meer mensen hadden ingezet, zou het zeker zijn opgevallen. Dan waren die twee weer verdwenen en hadden een andere keer toegeslagen. Waarschijnlijk zouden wij dan niet van tevoren op de hoogte zijn.' Hans Heinen praatte ongetwijfeld ook tegen zichzelf. 'Bovendien kunnen we de heren nu voor jaren achter de tralies stoppen. Aan plannen alleen hebben we niets. Nu zijn ze op heterdaad betrapt.'

'Voorlopig moeten we Platt nog zien te vinden. Onze Duitse collega's hebben vastgesteld dat de vingerafdrukken op de auto van Driessen van meneer Platt afkomstig zijn.'

'De schoft,' zei Hans en schopte tegen een kast die er ook niets aan kon doen. 'Hoe is het met Stijnie trouwens?' vroeg Van der Eijk.

'Ze heeft een tik op haar hoofd gehad, maar het ergste is haar gekwetste ego. Dat ze zich door die man liet verrassen, zit haar nog het meest dwars.'

'Terecht!'

Om vijf voor negen verscheen op de hoek van de Korte Poten en de Korte Houtstraat een mevrouw die het koud had. Ze was diep in de kraag van haar jas gedoken en had een sjaal voor haar mond gebonden. Alleen haar zwarte krulletjes staken er parmantig bovenuit. Ze had het niet alleen koud, ze had ook haast, want ze begon in een fors tempo aan de oversteek van het Plein, recht naar de ingang van het gebouw van de Tweede Kamer. Haar krullen waren echt en haar naam was werkelijk Bauke Hellinga. Ze had er geen idee van wat zich op ditzelfde plein een half uurtje geleden had afgespeeld.

20

Laat in de middag was het gaan sneeuwen. Het waren van die flinterdunne vlokken die eerst niet opvielen, zeker niet omdat het nog maar november was. De mensen merkten de sneeuw pas op toen zich een dun laagje op straat gevormd had. Gaandeweg waren de vlokken dikker geworden en nu, tegen tienen, was de Nijmeegse buitenwijk omgetoverd in een veel te vroeg kerstlandschap. Niet dat er iemand klaagde overigens. Mensen die hun hond uitlieten, keken vrolijker dan anders.

Heinrich Platt keek helemaal niet vrolijk. Hij vervloekte Nederland en alle Nederlanders nu het zorgvuldig uitgewerkte plan in een compleet fiasco was geëindigd. Hoe het kwam? Zeker niet omdat de agenten en de veiligheidsdienst hier zo slim waren. Met wat vermommingen had het hem geen enkele moeite gekost uit Den Haag weg te komen. Hij had zijn auto laten staan en ook het openbaar vervoer gemeden. Reken maar dat zijn signalement verspreid was. Gelukkig waren vrachtwagenchauffeurs nog altijd blij met wat aanspraak. Na twee liften werd hij in het centrum van Nijmegen afgezet. Niet dat de chauffeurs kregen waar ze op hoopten. Platt zei alleen het hoogst noodzakelijke en keek grimmig voor zich uit. Hij had in Den Haag meteen alle mogelijkheden de revue laten passeren en de conclusie was onontkoombaar. White Ruler had op de een of andere manier hun plannen verraden. Een andere verklaring was er niet. Toen noch Stan, noch Kees zijn telefoon beantwoordde, wist hij het zeker. Zij waren ook opgepakt. Niet dat het hem verbaasde. Hij had zelden met zulke sukkels samengewerkt. Uiteindelijk bleek zelfs Geert Kops een watje die bij de eerste de beste spanning bezweek. Nee, hij had hier nog één karweitje en dan was hij binnen de kortst mogelijke keren terug in Duitsland. Als hij eenmaal over de grens was, kon hij kiezen uit veel schuilplaatsen.

Het adres zat in zijn hoofd gegrift, zoals alles wat met een actie te maken had automatisch werd opgeslagen. Daarom was hij tot nu toe steeds zo succesvol geweest. Alleen als hij samenwerkte met mensen die niet op hun taken berekend waren. Of als er een verrader in het spel was... Woedend opende hij het tuinhekje. De struiken waren intussen wit en de buitenlamp wierp een sprookjesachtig licht over het paadje. Hij zou snel een eind maken aan dit sprookje, dacht Heinrich en duwde op de bel.

Een goed uitziende veertiger met een vriendelijk gezicht opende de deur. 'Goedenavond, wat kan ik voor u doen?'

Platt had zijn pistool tevoorschijn gehaald, hetzelfde pistool waar hij die ochtend Bauke Hellinga mee had bedreigd, en duwde de man zonder iets te zeggen ruw naar binnen. Hij trok de deur achter zich dicht en legde dreigend een vinger op zijn mond.

'Wie was dat, schat?' klonk er uit de woonkamer.

'Iemand met een collectebus,' zei de man.

Heinrich knikte goedkeurend en gebaarde dat de man moest doorlopen.

Ze kwamen een kamer binnen waar een vrouw met opgetrokken benen in haar stoel zat en tv keek. Ze was jonger dan Heinrich had verwacht. Toen ze Heinrich en haar man zag sprong ze van schrik overeind. 'Wat is …?'

'Mondje dicht,' zei Heinrich. 'Ga maar weer rustig zitten. Uw man komt er gezellig bij.'

De man en de vrouw namen zwijgend plaats en keken de indringer angstig aan.

'Zo, meneer en mevrouw Smits, en vertel me nu maar eens waar White Ruler is.' zei Heinrich. Hij was gaan zitten in de stoel tegenover de bank en had zijn pistool op de armleuning gelegd.

'White Ruler?' vroeg de vrouw.

'Zo noemde uw zoon zich toen hij toenadering zocht. Dat is natuurlijk een schuilnaam, ik geloof dat u hem Cas noemt.'

'Cas is bij zijn vriendin. Wat moet u van hem?' De stem van de man klonk boos. Kennelijk overwon hij zijn angst als zijn zoon bedreigd werd.

'Ik moet nog even iets met hem regelen,' zei Heinrich rustig. 'Daar heb ik hem persoonlijk voor nodig. Hoe laat komt hij thuis?'

'Rond elf uur waarschijnlijk. Ze hebben heel wat te bepraten daar.' Nu was het weer de vrouw die antwoordde. 'Maar daar weet u vast alles van.'

De grimas op Heinrichs gezicht bewees dat hij dit soort opmerkingen niet op prijs stelde. Hij schoot overeind en stak zijn vinger op. 'Tart me niet, mevrouw Smits! Ik heb een lange en vervelende dag gehad.'

De vrouw was nu stil. Haar man was niet onder de indruk van het dreigement. 'En jullie hadden nog wel de verkeerde voor!'

'Ik zei toch dat je je mond moest houden.' Heinrich stond op en liep dreigend op de man af. 'Als jouw landgenoten er niet zo'n puinhoop van hadden gemaakt, zou onze daad nu over de hele wereld de voorpagina's van de kranten halen.'

'Dat zou jou niet gebeuren, natuurlijk,' zei de man spottend.

'Nee, natuurlijk niet.'

'Jij zelfingenomen opschepper,' zei de man en stond ook op.

De vrouw pakte hem bij een arm. 'Pas nou op,' zei ze. 'Die kerel deinst nergens voor terug. Dat weet je toch?'

De man bleef staan en keek Platt recht in de ogen. 'Ik wil deze meneer even uit zijn droom helpen,' zei hij. 'Hij denkt dat hij nooit fouten maakt. Nou, meneer Platt, ik verzeker u dat u net zo dom bent als die collega's van u die vandaag zijn opgepakt. Wij zijn namelijk helemaal niet meneer en mevrouw Smits. Ik heet Joris Voskamp, hoofdinspecteur van politie, en dit is Sanne Lemmens, mijn collega. Als je dat niet genoeg vindt, buiten staan een heleboel andere collega's. En dan heb ik het nog niet over de heren Van der Eijk en Heinen van de AIVD. Die wachten in de keuken op mijn teken. Iedereen wil erbij zijn als de moordenaar van collega Driessen gepakt wordt. Ja, er wordt vanavond afgerekend, maar niet door jou met Cas.'

Platt was zo verbijsterd dat hij niet eens reageerde toen Joris het pistool afpakte. De twee mannen die uit de keuken kwamen, keken hem bepaald onvriendelijk aan. 'Zo, meneer Platt,' zei de keurig geklede jongeman. 'Zoals u ziet bent u nogal voorspelbaar en hoefden we hier alleen maar op uw komst te wachten. We nemen u mee terug naar Den Haag, als u het niet erg vindt.'

'En als u het wel erg vindt, overtuigen we u wel van de noodzaak,' zei zijn oudere collega. Hij keek erbij alsof hij hoopte op een onwillige Platt die overtuigd moest worden.

'Zo,' zei Joris toen Platt door een aantal agenten naar buiten was begeleid. 'Ik had dat gisteren nog niet durven denken, maar achteraf ben ik er nog trots op ook, dat mijn dochter en haar vriend hebben meegewerkt aan het oplossen van deze zaak.'

'Daar mag je ook trots op zijn,' zei Hans Heinen. 'Er zijn te weinig jongelui die inzien hoe gevaarlijk groeperingen als van deze heren zijn.'

'En dus ook te gevaarlijk om daar in je eentje de strijd mee aan te binden,' zei Cor van der Eijk. 'Die Cas mag dan wel dapper zijn, erg slim is hij niet geweest. Dit had heel verkeerd kunnen aflopen.'

Joris knikte. Die preek had hij ook al voorbereid. Morgen zou hij hier uitvoerig met Cas over spreken. En met Lisa trouwens. 'Intussen zijn er wel vier misdadigers van de straat.'

Van der Eijk keek aarzelend naar Hans Heinen. Die knikte.

'We gaan ervan uit dat hier niet het lek zit,' zei Cor. 'Daarom kan ik wel vertellen dat we maar drie mensen hebben opgepakt. Die Belg, Stan heet hij, is hem gesmeerd en zit nu weer in Antwerpen. Daar wordt hij vast als held ingehaald. Als enige is hij aan onze klauwen ontsnapt.'

Hans grinnikte. 'Gelukkig wel. Met zo'n undercoveragent wordt ons leven een stuk gemakkelijker.'

'Dus Stan hoort bij jullie?' vroeg Joris verbaasd.

'Nou ja, bij ons, bij onze Belgische collega's,' zei Van der Eijk. 'De man is vele jaren ouder geworden de laatste dagen. Alle informatie van de politie kwam binnen de kortste keren terecht bij het Blank Front. Dus als hij ons informeerde, zou hij zichzelf bloot geven. Hij heeft het spel zo lang mogelijk meegespeeld en geen contact opgenomen. Pas toen hij bang was voor het leven van Cas en Lisa heeft hij mij persoonlijk getipt over die boot. We kennen elkaar nog uit de tijd dat we op Russen moesten jagen en mij vertrouwt hij onvoorwaardelijk.'

Epiloog

Cor van der Eijk keek onder kantoortijd tv. Normaal deed hij dat niet eens als hij thuis was, maar nu was er in de Tweede Kamer een speciaal debat over zijn dienst.

Een mevrouw met zwarte krulletjes liep naar de interruptiemicrofoon. 'Mevrouw de voorzitter,' zei ze. 'De minister is wat al te positief, lijkt me. In de afgelopen drie jaren hebben we keer op keer meer budget vrijgemaakt voor de veiligheidsdienst, maar betekent dat ook dat de burgers van dit land veiliger zijn dan voorheen? Ik weet niet eens hoe we dat moeten meten. De enige die ons informatie verstrekt over mogelijke dreigingen is de AIVD zelf. Me dunkt dat we dringend behoefte hebben aan onafhankelijk onderzoek over deze zaak voor we een beslissing nemen.'

Een keurige, grijze man van rond de zestig jaar liep moeizaam naar de andere microfoon. Het ene kortere been sleepte achter hem aan, maar de uitdrukking op zijn gezicht was er niet minder zelfverzekerd door. Hubert Kniers van de Partij voor Nederland wachtte rustig tot de vrouw was uitgesproken. 'Mevrouw Hellinga berijdt weer eens haar favoriete stokpaardje,' zei hij toen met de bekakte stem die zo vaak werd geïmiteerd. 'Ons land ligt onder vuur zoals het nog nooit onder vuur heeft gelegen en zonder een sterke veiligheidsdienst zijn we aan de barbaren overgeleverd. U weet dat ik jaren bij de politie heb gewerkt. Ik heb er nog steeds veel contacten en weet dus waar ik over praat. Mijn fractie ondersteunt het voorstel van de minister daarom onvoorwaardelijk. Ik vraag me wel eens af hoe mevrouw Hellinga zou reageren als ze zelf het slachtoffer van een aanslag dreigde te worden. Dan zou de AIVD waarschijnlijk niet sterk genoeg kunnen zijn.'

Van der Eijk gaapte en knipte het toestel uit. 'Nou, meneer Kniers, hartelijk dank voor de politieke steun, maar een dezer dagen pakken wij u toch,' zei hij tegen het donkere scherm. 'We houden namelijk niet van lekkende oud-politieagenten.'

Hij pakte de telefoon. 'Zeg Heinen, vergeet je niet dat we vanavond samen uit eten gaan?'

Terwijl de Kamer debatteerde over de AIVD ontvluchtten Cas en Lisa hun ouders om eindelijk weer eens alleen te zijn. Ze wandelden hand in hand door het verlaten Goffertpark. De sneeuw had het gras en de bomen omgetoverd in een adembenemend winterlandschap. Lisa snoof de frisse lucht op en blies tevreden een wolkje uit in de vrieslucht.

'Als je hier loopt, ziet de wereld er zo mooi uit. Je kunt je dan niet voorstellen dat er mensen als die Kops rondlopen,' zei ze.

'Die loopt ook niet meer rond,' zei Cas luchtig. 'Hij zit voorlopig veilig opgeborgen.'

'Je moet me niet zo letterlijk nemen. Dat er mensen met zulke ideeën rondlopen, bedoel ik natuurlijk. En er zijn er veel meer dan de paar waar wij mee te maken hebben gehad.'

'Ik was net in zo'n goed humeur. Bederf het nu niet.'

Lisa kneep even in Cas' hand. 'Het is ook nooit goed. Ik ben het gewoon met je eens. Daarom ben jij toch met die idiote actie begonnen? Om duidelijk te maken hoeveel van dat soort lui er zijn?'

Cas knikte alleen maar. 'Heb je ooit aan me getwijfeld?' vroeg hij na een tijdje. 'Ik bedoel, alles leek erop te wijzen dat ik echt lid was van het Blank Front.'

Lisa stopte en sloeg haar armen om hem heen. 'Ik heb geen moment getwijfeld, zelfs niet toen alles op het tegendeel wees.'

'Mooi.' Cas gaf haar een kus op haar neus. 'Je bent wel de enige. Zelfs mijn ouders waren aan het twijfelen gebracht na het bezoek van je vader en Van der Eijk. En Joris heeft me zelf verteld dat hij niet meer wist wie hij moest geloven.'

'Ik begrijp het best,' zei Lisa. 'De meeste aanhangers van het Blank Front zijn keurige Nederlanders. Ze hebben gewoon een baan en een gezin. Aan de buitenkant is niets aan hen te zien. Dat is nu net het gevaarlijke. Mijn vader en die mensen van de AIVD hebben dat intussen door schade en schande geleerd. Zij hielden zelfs de mogelijkheid open dat Cas Smits een extremist was. Wees blij dat ze niet naïef zijn.'

'Je hebt gelijk,' zei Cas. 'Maar het voelde wel vreemd om ineens in die hoek geplaatst te worden.'

Lisa lachte. 'In de hoek geplaatst. Hoor hem. Je hebt daar zelf wel voor gezorgd,' zei ze spottend. 'Wil je dit soort dingen trouwens nooit meer doen zonder mij te vertellen wat je van plan bent?'

'Ja hoor, dat wil ik best beloven, als je me maar niet vraagt om er spijt van te hebben.'

'Je hebt er geen spijt van?'

'Nee. Volgens Van der Eijk hebben ze de aanslag alleen kunnen voorkomen omdat ze die Kops en de zijnen via mij op het spoor zijn gekomen. Achteraf was hij me dankbaar, zei hij.'

'Ik ook,' zei Lisa. 'Dankzij jou kan ik bij de volgende verkiezingen gewoon op Bauke Hellinga stemmen.'

Ze gingen even opzij toen twee zwarte atleten hen passeerden. De groene trainingsjacks met de Keniaanse vlag bleven nog lang zichtbaar in het maagdelijk witte landschap.

Alle Pandora Crimi's op een rij